U0463031

读古人书　友天下士

昌明国学　弘扬文化

崇文国学普及文库

李白集

晓茅　注评

长江出版传媒｜崇文书局

图书在版编目（CIP）数据

李白集 / 晓茅注评 . -- 武汉 : 崇文书局 , 2020.6
（崇文国学普及文库）
ISBN 978-7-5403-5859-4

Ⅰ. ①李…
Ⅱ. ①晓…
Ⅲ. ①唐诗－诗集
Ⅳ. ① I222.742

中国版本图书馆 CIP 数据核字 (2020) 第 064029 号

李白集

责任编辑 高 娟 董 颖
装帧设计 刘嘉鹏 甘淑媛
出版发行 长江出版传媒 | 崇文书局
业务电话 027-87293001
印　　刷 湖北画中画印刷有限公司
版　　次 2020年6月第1版
印　　次 2020年6月第1次印刷
开　　本 880×1230 1/32
印　　张 8.75
定　　价 36.80元

本书如有印装质量问题，可向承印厂调换

总序

现代意义的“国学”概念，是在19世纪西学东渐的背景下，为了保存和弘扬中国优秀传统文化而提出来的。1935年，王缁尘在世界书局出版了《国学讲话》一书，第3页有这样一段说明：“庚子义和团一役以后，西洋势力益膨胀于中国，士人之研究西学者日益众，翻译西书者亦日益多，而哲学、伦理、政治诸说，皆异于旧有之学术。于是概称此种书籍曰‘新学’，而称固有之学术曰‘旧学’矣。另一方面，不屑以旧学之名称我固有之学术，于是有发行杂志，名之曰《国粹学报》，以与西来之学术相抗。‘国粹’之名随之而起。继则有识之士，以为中国固有之学术，未必尽为精粹也，于是将‘保存国粹’之称，改为‘整理国故’，研究此项学术者称为‘国故学’……”从“旧学”到“国故学”，再到“国学”，名称的改变意味着褒贬的不同，反映出身处内忧外患之中的近代诸多有识之士对中国优秀传统文化失落的忧思和希望民族振兴的宏大志愿。

从学术的角度看，国学的文献载体是经、史、子、集。崇文书局的这一套国学经典普及文库，就是从传统的经、史、子、集中精选出来的。属于经部的，如《诗经》《论语》《孟子》《周易》《大学》《中庸》《左传》；属于史部的，如《战国策》《史记》《三国志》《贞观政要》《资治通鉴》；属于子部的，如《道德经》《庄子》《孙子兵法》《鬼谷子》《世说新语》《颜氏家训》《容斋随笔》《本草纲目》《阅微草堂笔记》；属于集部的，如《楚辞》《唐诗三百首》《豪放词》《婉约词》《宋词三百首》《千家诗》《元曲三百首》《随园诗话》。这套书内容丰富，而分量适中。一个希望对中国优秀传统文化有所了解的人，读了这些书，一般说来，犯常识性错误的可能性就很小了。

崇文书局之所以出版这套国学经典普及文库，不只是为了普及国学常识，更重要的目的是，希望有助于国民素质的提高。在国学教育中，有一种倾向需要警惕，即把中国优秀的传统文化“博物馆化”。“博物馆化”是20世纪中叶美国学者列文森在《儒教中国及其现代命运》中提出的一个术语。列文森认为，中国传统文化在很多方面已经被博物馆化了。虽然中国传统的经典依然有人阅读，但这已不属于他们了。“不属于他们”的意思是说，这些东西没有生命力，在社会上没有起到提升我们生活品格的作用。很多人阅读古代经典，就像参观埃及文物一样。考古发掘出来的珍贵文物，和我们的生命没有多大的关系，和我们的生活没有多大关系，这就叫作博物馆化。“博物馆化”的国学经典是没有现实生命力的。要让国学经典恢复生命力，有效的方法是使之成为生活的一部分。崇文书局之所以强调普及，深意在此，期待读者在阅读这些经典时，努力用经典来指导自己的内外生活，努力做一个有高尚的人格境界的人。

国学经典的普及，既是当下国民教育的需要，也是中华民族健康发展的需要。章太炎曾指出，了解本民族文化的过程就是一个接受爱国主义教育的过程：“仆以为民族主义如稼穑然，要以史籍所载人物制度、地理风俗之类为之灌溉，则蔚然以兴矣。不然，徒知主义之可贵，而不知民族之可爱，吾恐其渐就萎黄也。”（《答铁铮》）优秀的传统文化中，那些与维护民族的生存、发展和社会进步密切相关的思想、感情，构成了一个民族的核心价值观。我们经常表彰“中国的脊梁”，一个毋庸置疑的事实是，近代以前，“中国的脊梁”都是在传统的国学经典的熏陶下成长起来的。所以，读崇文书局的这一套国学经典普及读本，虽然不必正襟危坐，也不必总是花大块的时间，更不必像备考那样一字一句锱铢必较，但保持一种敬重的心态是完全必要的。

期待读者诸君喜欢这套书，期待读者诸君与这套书成为形影相随的朋友。

陈文新

（教育部长江学者特聘教授，武汉大学杰出教授）

前言

李白，中国历史上的伟大诗人，字太白，号青莲居士。生于唐武后长安元年（701），卒于唐代宗宝应元年（762），祖籍陇西成纪（今甘肃天水秦安）。据传李白出生于中亚西域的碎叶城（今吉尔吉斯斯坦），另有一说出生于蜀中（今四川江油青莲乡）。年少时，李白在蜀中遍观经史百家，喜好剑术，以侠自任。开元十二年（724），24岁的李白离开故乡，辗转成都、峨眉山，然后舟行东下至渝州（今重庆）。开元十三年（725），李白身怀四方之志，辞亲远游，足迹遍及长江中下游地区。在与故相许圉师孙女成婚后，他在安陆过了大约十年。其间，大约在开元十九年（731），李白初入长安，贺知章读其诗，惊为"谪仙人"。但求仕无成，遂东归，后客居任城。不久即与孔巢父、韩准等人隐于徂徕山，日以沉饮为事，时号"竹溪六逸"。

天宝元年（742），李白应召入京，供奉翰林。天宝三年（744），因遭权贵谗毁，被赐金放还。与杜甫、高适一起畅游梁、宋一带。归东鲁，受道箓于齐州紫极宫。后又往南到过吴越，往北去过幽州。天宝十四年（755），安史乱起，李白往越中避难。翌年，李白受永王李璘召入幕府，璘败被杀，李白因此获罪被捕入狱，最终"免死流配"夜郎。乾元二年（759），李白遇赦放还，旋即漂泊于江汉、洞庭、江西、宣城、金陵等地。乾元四年（761），李光弼平叛史朝义，李白以61岁高龄前往从军，中途病还金陵，时生活无着，投奔在当涂做县令的族叔李阳冰。宝应元年（762），代宗即位，下诏任命李白为左拾遗，而此时李白已卒于当涂。

天赋异禀的李白是一个传奇，盛唐吐纳百川的泱泱气度包容了一个流浪的灵魂；他是一个奇迹，一个诗人的魅力铸就了一个诗歌的王朝。李白与杜甫齐名，世称“李杜”。其诗各体均工，尤擅乐府、绝句。李白的诗歌多有天马行空式的想象和幻想，抒情则恣肆纵横，情感宣泄裹挟着不可阻逆的力量，且风格既豪放飘逸又明秀清新，含蕴深厚，自然浑成。内容多表现建功立业愿望，抒写失志不平愤懑，抨击黑暗现实，关心民众疾苦，流连山水风光等。其中，《蜀道难》《将进酒》《行路难》《静夜思》《赠汪伦》《梦游天姥吟留别》《望庐山瀑布》《早发白帝城》等均为传世之作。

本书是本社“崇文国学普及文库”系列之一。精选李白代表作品142首，配以注释和赏析，有助于读者了解李白诗歌之堂奥。另外，本书末还附有“李白评传”，供读者参考。不当之处，祈请读者指正。

目录

古风五十九首（选四）

其　一

大雅久不作[1]，吾衰竟谁陈[2]？
王风委蔓草，战国多荆榛[3]。
龙虎相啖食，兵戈逮狂秦。
正声何微茫[4]，哀怨起骚人[5]。
扬马激颓波[6]，开流荡无垠。
废兴虽万变，宪章亦已沦[7]。
自从建安来[8]，绮丽不足珍。
圣代复元古[9]，垂衣贵清真[10]。
群才属休明[11]，乘运共跃鳞[12]。
文质相炳焕[13]，众星罗秋旻[14]。
我志在删述[15]，垂辉映千春。
希圣如有立[16]，绝笔于获麟[17]。

【注释】

① 大雅：《诗经》中的一类诗。《诗经》由《风》《雅》《颂》组成，《雅》又可分为《大雅》和《小雅》。《大雅》主要反映了西周的政治。此处泛指雅正的诗歌。

② 吾衰：语出孔子“甚矣吾衰也”（《论语·述而》）。陈：陈述。《礼记·王制》曰：“命太师陈诗以观民风。”

③ 王风：《诗经·国风》的一部分，是周王朝京都周围地区的民歌。蔓草、荆榛：都是荒芜的意思。

④ 正声：即《诗经·大雅》，这里泛指雅正之声。

⑤ 骚人：指屈原、宋玉等人。

⑥ 扬马：指扬雄、司马相如，两人都是汉大赋的代表作家。

⑦ 宪章：指诗歌的法度。

⑧ 建安：东汉献帝的年号（196—220）。

⑨ 圣代：指唐代。元古：远古。

⑩ 垂衣：指穿着宽大的衣裳，形容无为而治。清真：清纯质朴。

⑪ 休明：指政治清明。

⑫ 跃鳞：形容施展才华。

⑬ 文质：文学的形式与内容。

⑭ 秋旻（mín）:秋日的天空。

⑮ 删述：指孔子删诗和述而不作。

⑯ 希圣：效法圣人。圣，指孔丘。

⑰ 绝笔于获麟：《春秋公羊传》载：鲁哀公十四年（前481）狩猎获麟，孔子见麟后说："吾道穷矣。"传说他编的《春秋》绝笔于此年。

【赏析】

《古风五十九首》是集中体现诗人复古诗学的宏伟组诗，从诗学渊源到取材、立意及艺术风格等方面都表现出一种整体性的特点。诗人以三代以来的"世道之治乱"为基本主题，题作《古风》，效古风体，含有视自己这一组诗为"希圣"的"删述"事业之意。反映出诗人在诗学上并不简单附和当时推崇建安的流行风气，而是努力上溯风骚、尊复风雅，深化了初盛唐以来的复古诗学。

这首诗既像诗人的一篇诗歌史论，又像他的一篇诗歌革新宣言。诗人通过对诗歌史观点鲜明的评论，表达了他的诗歌革新理想。

开头两句，诗人开门见山，面对雅正之声传统的丢失，悲叹自己虽有振兴的抱负和实力，但年老体衰，来日无多，同时，表现出对振兴传统后继乏人的忧虑。寥寥十字，感慨无穷：像《大雅》那样的中和雅正之音已经很久没有出现了，我虽以复古为己任，但已年老力衰，不知有谁再能写出像《大雅》那样的诗篇。

接下来十二句，诗人就展开抒写“大雅久不作”了。诗人论述从春秋战国到陈隋，迨至本朝前，文章法度，总已沦丧。整体看来，诗人反对绮丽侈靡，崇尚清真自然的文艺主张是显而易见的：斯文衰矣，终春秋之世，不能复振。战国迭兴，王道榛塞，诗歌的创作更是荒凉。干戈缭乱，七雄龙争虎斗，相互侵食，直到秦朝统一全国，这种局面才终止。《风》《雅》一类的诗歌，日远日微。一变而为《离骚》，即使是屈原、宋玉这样的大家之作也过于哀怨。到了汉代，扬雄、司马相如在萎靡文风中激扬其颓波，疏导其下流，弘扬正声，万世师法。诗歌兴衰变化，但文章法度，已经逐渐沦丧了。建安以后的诗歌，夸尚绮靡，竞为新奇，不足珍重。雄健之气，由此萎靡。

再以下六句，诗人铺叙唐诗发展的情况，看似肯定者多，实际上这种肯定是对唐诗发展方向的选择。诗人故弄狡狯，其实半是假话，他对初唐以来唐诗沿袭六朝余风是不满意的，但诗人没有明说，只是将其意向包容在对诗歌革新理想的表述中。另外，唐代是近体律绝诗新兴的时代，何尝有所谓“复元古”，且这六句与“吾衰竟谁陈”之间的矛盾，说明了诗人这六句是故布疑局，故意地正反相形的：迨至本朝，扫魏晋之陋，起骚人之衰，诗歌复古，艺术精神终于回复到了远古时代。朝廷无为而天下治，诗歌也以清新自然为风尚。文人才子遇到了政治清明的好时代，乘此时运创作了大量精品，犹如龙腾鱼跃。文学的形式与内容相映生辉，作品丰富多彩，宛如秋夜闪烁的繁星。

结尾四句，诗人述说自己已无创作之意，但要像孔子修订《春秋》那样成就一番事业，把“废兴万变”之中的那些作品整理出来，使其去芜存菁、流芳千古，并表示自己愿意尽有生之年，努力在文学上有所建树：我的志愿是能像孔子一样，编定一代文献，使它们能流芳千古。我愿穷尽有生之年，在这方面有所建树，不到死亡，决不停止。

全诗一韵到底，音节安雅中和；语气浑然娴雅，不露郁勃牢骚；诗文寓豪放于和缓之中，一叹三唱，感慨苍凉。

其十八

天津三月时[①]，千门桃与李。
朝为断肠花，暮逐东流水[②]。
前水复后水，古今相续流。
新人非旧人，年年桥上游。
鸡鸣海色动[③]，谒帝罗公侯[④]。
月落西上阳[⑤]，余辉半城楼。
衣冠照云日，朝下散皇州[⑥]。
鞍马如飞龙，黄金络马头[⑦]。
行人皆辟易[⑧]，志气横嵩丘[⑨]。
入门上高堂，列鼎错珍羞。
香风引赵舞，清管随齐讴[⑩]。
七十紫鸳鸯[⑪]，双双戏庭幽。
行乐争昼夜，自言度千秋。
功成身不退，自古多愆尤[⑫]。
黄犬空叹息[⑬]，绿珠成衅仇[⑭]。
何如鸱夷子，散发棹扁舟[⑮]。

【注释】

① 天津：桥名，故址在今河南洛阳洛水之上。《元和郡县志》：“隋炀帝大业元年（605）初造此桥，以架洛水。用大缆维舟，皆以铁

锁钩连之。南北夹路，对起四楼，其楼为日月表胜之象。”唐贞观十四年（640）改为石桥，后废。

② 以上四句，南宋杨齐贤注：“言三月之朝，人见桃李烂漫，春心摇荡，感物伤情，肠为之断。至于日暮，花已零落，随逐东流之水。”

③ 杨齐贤注：“海色，晓色也。鸡鸣之时，天色昧明，如海气朦胧然。”

④ 谒：拜见。罗：排列。此句谓公侯罗列成行拜见皇帝。

⑤ 西上阳：上阳即上阳宫，唐宫名，高宗时建于洛阳。《新唐书·地理志二》：“上阳宫在禁苑之东，东接皇城之西南隅，上元中置，高宗之季常居以听政。”上阳宫西，隔谷水，有西上阳宫，虹桥跨谷，以通往来。

⑥ 皇州：帝都也。此句谓百官下朝后散往京城各处。

⑦ 此句乃古乐府成句。《陌上桑》：“青丝系马尾，黄金络马头。”

⑧ 辟易：惊退躲避。《史记·项羽本纪》：“项王瞋目而叱之，赤泉侯人马俱惊，辟易数里。”唐张守节《正义》：“言人马俱惊，开张易旧处，乃至数里。”

⑨ 嵩丘：即嵩山。

⑩ 《说文》：“讴（ōu）：齐歌也。”春秋战国时，赵舞、齐讴皆负盛名。西晋左思《娇女》诗：“从容好赵舞，延袖象飞翮。”唐韩翃《鲁中送鲁使君归郑州》诗：“齐讴听处妙，鲁酒把来香。”

⑪ 古乐府《鸡鸣》：“鸳鸯七十二，罗列自成行。”“七十”犹“七十二”，此举成数，言鸳鸯之多，非实数。

⑫ 《老子》第九章：“功遂身退，天之道也。”愆（qiān）尤：过失、罪过。

⑬ 《史记·李斯列传》：“二世二年七月，具斯五刑，论腰斩咸阳市。斯出狱，与其中子俱执，顾谓其中子曰：‘吾欲与若复牵黄犬俱出上蔡东门逐狡兔，岂可得乎？’遂父子相哭，而夷三族。”

⑭ 《晋书·石崇传》：“崇有妓曰绿珠，美而艳，善吹笛。孙秀使

人求之。崇时在金谷别馆，方登凉台，临清流，妇人侍侧。使者以告。崇尽出其婢妾数十人以示之，皆蕴兰麝，被罗縠，曰：‘在所择。’使者曰：‘君侯服御丽则丽矣，然本受命指索绿珠，不识孰是？’崇勃然曰：‘绿珠吾所爱，不可得也。’……秀怒，乃劝伦（即赵王司马伦）诛崇……崇正宴于楼上，介士到门。崇谓绿珠曰：‘我今为尔得罪。’绿珠泣曰：‘当效死于官前。’因自投于楼下而死。”

⑮ 鸱（chī）夷子：鸱夷子皮的省称，范蠡之号。春秋时楚人，曾为越大夫，助越灭吴。后以陶经商致富，又称陶朱公。《史记·货殖列传》：“范蠡既雪会稽之耻……乃乘扁舟浮于江湖，变名易姓，适齐为鸱夷子皮，之陶为朱公。”

【赏析】

这首诗是诗人创作的组诗《古风五十九首》中的第十八首。此诗表达了诗人功成身退的观点。全诗可分为三部分。

前八句为第一部分。诗人阐述了花开花落，流水相续，人事代谢，永无休止的观点：春风三月的洛阳天津桥头，千家万户掩映在桃花李花丛中。早上还是桃李烂漫、春心摇荡，感物伤情、为之断肠，日暮时分花朵就枯萎零落，随逐流水东去了。江河湖水，后浪推前浪，古往今来相续不曾停歇。现在天津桥上游览的客人，已不是原来的那些人了，换了一拨又一拨，年年岁岁都不同。

中间十八句为第二部分。诗人描写公侯耀武扬威，飞扬跋扈，高堂珍馐、及时行乐的奢侈生活，并暗示人生如梦，一切富贵如过眼烟云，都会消失无踪：每当鸡鸣之时，曙光初照、晓色初现，公侯百官们罗列成行拜见皇帝。黄昏时分，月落西上阳宫，霞光的余晖照亮了洛阳半边城楼。下朝了，公侯百官们身穿绚丽夺目、光耀日月的华丽衣服，散往京城的各个角落。他们骑马疾驰如飞龙，黄金做的马络头金光闪耀，他们飞扬跋扈，气势横贯嵩山，行人纷纷惊惧躲避。公侯百官们回到豪宅大院后，山珍海味，高朋满座，鼎斟斛酌，觥筹交错。舞女长袖掀起香风跳起闻名后世的赵舞，清亮的笛管吹出久负盛名的齐歌。庭院内有七十二只紫鸳鸯，成双成对地在池水的幽暗处嬉戏玩耍。公侯百官们日日夜夜争相行乐，以为可以千秋万代永远如此。

最后六句为第三部分。诗人表达了见好就收、功成身退的主旨：功成名就而身不退，这个过失是自古以来多数人结局悲惨的原因。看看李斯临终前欲复牵黄犬去打猎的叹息，看看石崇因为爱妾绿珠而导致满门抄斩。前车之鉴啊！为何不能像范蠡那样无拘无束，携西子江湖泛舟呢。

全诗多处用典，表达了功成身退的观点，这是道家的思想，也是历史的经验。

其十九

西上莲花山[①]，迢迢见明星[②]。
素手把芙蓉，虚步蹑太清[③]。
霓裳曳广带[④]，飘拂升天行。
邀我登云台[⑤]，高揖卫叔卿[⑥]。
恍恍与之去，驾鸿凌紫冥[⑦]。
俯视洛阳川，茫茫走胡兵。
流血涂野草，豺狼尽冠缨[⑧]。

【注释】

① 莲花山：指西岳华山。华山最高峰为莲花峰。《太平御览》卷三九引《华山记》："山顶有池，生千叶莲花，服之羽化，因曰华山。"

② 迢迢：遥远貌。明星：传说中的华山仙女。《太平广记》卷五九引《集仙录》："明星玉女者，居华山，服玉浆，白日升天。"

③ 芙蓉：莲花。虚步：凌空而行。蹑（niè）：踩，踏，行走。太清：天空。道教以玉清、上清、太清为三清境。

④ 霓裳：以虹霓为衣裳。《楚辞》："青云衣兮白霓裳。"曳广带：衣裙上拖着宽阔的飘带。

⑤ 云台：即华山北峰，又名云台峰。明慎蒙《名山记》："云台峰在太华山东北，两峰峥嵘，四面陡绝。上冠景云，下通地脉，巍然独秀，有若灵台。"

⑥ 卫叔卿：传说中的仙人。汉武帝闲居殿上时，卫叔卿曾乘云车、驾白鹿来见，羽衣星冠，颜色如童子，自言本中山人。因感武帝失礼，遂去，帝甚悔恨。事见《神仙传》。

⑦ 紫冥：天空。《魏书·高允传》："发响九皋，翰飞紫冥。"

⑧ 此四句言洛水两岸，遍是安禄山叛军。荒草丛生，涂满鲜血，吃人豺狼，尽成冠缨。豺狼：指安禄山叛军。冠缨：古代官员代称。按，天宝十四年（755），安禄山攻陷东都洛阳，疯狂屠杀百姓，并于次年正月僭位称帝，国号大燕，改元圣武，大封叛臣伪官。

【赏析】

这首诗约作于安禄山攻破洛阳以后。诗中表现了诗人独善兼济的思想矛盾和忧国忧民的沉痛感情。全诗分为两部分。

前十句为第一部分。诗人描写游仙之事，想象瑰奇，展现了一个莲峰高耸、明星莹莹的童话世界，并运用卫叔卿的典故暗暗关合自己在现实中种种不被认同的失意和痛苦：我登上华山莲花峰，远远看到了华山的玉女明星仙女。仙女圣洁的手持着芙蓉，凌空而行，游于高高的太空。仙女雪白的霓裳拖曳着宽广的飘带，迎风飘举，升向天际。仙女邀请我登上云台峰，我见到了仙人卫叔卿，高揖行礼。我恍惚间与神仙同去，驾着鸿雁飞翔于太空。

后四句为第二部分。诗人笔调陡转，从童话般的仙境回到残酷的现实，深刻同情百姓的悲惨遭遇：正在我飘然若仙之际，我俯视到下界的洛阳，叛军遍地，百姓惨遭屠戮，血染原野，而安禄山与他那些豺狼似的党羽却个个封官拜将。

全诗在艺术上，诗人将浪漫主义和现实主义相结合，使之成为一个有机的艺术整体；在思想感情上，既渴望超脱尘世、追求自由的理想生活，又直面现实，憎恨安史叛军，关切祖国前途命运，同情人民悲惨遭遇。

其二十四

大车扬飞尘，亭午暗阡陌①。
中贵多黄金，连云开甲宅②。
路逢斗鸡者，冠盖何辉赫③。
鼻息干虹蜺，行人皆怵惕④。
世无洗耳翁⑤，谁知尧与跖⑥。

【注释】

① 亭午：亭，在也；日在午，曰亭午。阡陌：田间道也，南北曰阡，东西曰陌。

② 中贵：谓内臣之贵幸者，在中而贵，幸非德望，故云中贵。甲宅：犹甲第。《新唐书·宦者传上》："开元、天宝中，宫嫔大率至四万，宦官黄衣以上三千员，衣朱紫千余人……监军持权，节度返出其下。于是甲舍、名园、上腴之田为中人所名者半京畿矣。"

③ 玄宗好斗鸡，贵臣外戚皆尚之。

④ 干：犯。虹蜺（ní）：即虹霓。此句言斗鸡者气焰冲天。怵（chù）惕：恐惧。

⑤ 洗耳翁：尧时高士许由。尧欲让天下于许由，由恶其声，洗耳于颍水滨。汉蔡邕《琴操·河间杂歌·箕山操》言许由"以清节闻于尧。尧大其志，乃遣使以符玺禅为天子。于是许由喟然叹曰：'匹夫结志，固如盘石。采山饮河，所以养性，非以求禄位也；放发优游，所以安己不惧，非以贪天下也。'使者还，以状报尧，尧知由不可动，

亦已矣。于是许由以使者言为不善，乃临河洗耳”。后世因以洗耳指隐士清高脱俗。

⑥ 跖（zhí）：盗跖，传说中古代大盗，春秋时人。或曰黄帝时大盗之名。

【赏析】

这首诗是诗人针对当时宦官和鸡童恃宠骄恣、不可一世的社会现实而作的一幅深刻的讽刺画，对上层腐朽政治进行了无情的揭露和谴责。

前八句，诗人描写宦官、鸡童的豪华生活和飞扬跋扈的气焰，刻画了这帮得势小人的丑陋嘴脸：达官贵宦的大车经过，飞扬起漫漫尘土。车队疾驰而过，即使是一天中阳光最耀眼的正午，京城大道也为之昏暗。这些官宦有的是钱，修筑的大宅子又高又多，仿佛上接云霄。路上遇到了斗鸡人，他缓辔放马，徐徐而行，好像故意要显示他的服饰、车篷是多么的华贵！他不可一世的样子，呼出的鼻息简直能把天上的云霞吹走。路人每每看见这些贵宦宠臣，没有一个不惶恐的。

最后两句，写诗人的感慨，对当时的政治表达了强烈的质疑与不满：当今世上已经没有像许由那样不慕荣利的人了，还有谁能分得清哪些是圣贤尧，哪些是盗贼跖呢。

全诗叙事具体形象，饱含讽刺；感情自然喷发，一气贯注。通过对宦官和鸡童丑恶嘴脸的描绘，深刻讽刺了侥幸小人得势后的嚣张气焰，对当时的黑暗政治表达了愤慨之情。

蜀道难

噫吁嚱[1]，危乎高哉！
蜀道之难，难于上青天！
蚕丛及鱼凫[2]，开国何茫然！
尔来四万八千岁，不与秦塞通人烟[3]。
西当太白有鸟道，可以横绝峨眉巅[4]。
地崩山摧壮士死[5]，然后天梯石栈相钩连[6]。
上有六龙回日之高标[7]，下有冲波逆折之回川[8]。
黄鹤之飞尚不得过，猿猱欲度愁攀援[9]。
青泥何盘盘[10]，百步九折萦岩峦[11]。
扪参历井仰胁息，以手抚膺坐长叹[12]。
问君西游何时还，畏途巉岩不可攀[13]。
但见悲鸟号古木，雄飞雌从绕林间。
又闻子规啼夜月，愁空山[14]。
蜀道之难，难于上青天！使人听此凋朱颜[15]。
连峰去天不盈尺，枯松倒挂倚绝壁。
飞湍瀑流争喧豗，砯崖转石万壑雷[16]。
其险也如此，嗟尔远道之人胡为乎来哉！
剑阁峥嵘而崔嵬[17]，一夫当关，万夫莫开。
所守或匪亲，化为狼与豺[18]。
朝避猛虎，夕避长蛇。磨牙吮血[19]，杀人如麻。
锦城虽云乐[20]，不如早还家。
蜀道之难，难于上青天！侧身西望长咨嗟[21]。

【注释】

① 噫（yī）吁（xū）嚱（xī，一读hū）：惊叹词，蜀地方言。北宋宋祁《宋景文公笔记》卷上："蜀人见物惊异，辄曰'噫吁嚱'。"

② 蚕丛、鱼凫（fú）：传说中古蜀国两位国王名。《文选》卷四《三都赋》刘逵注："扬雄《蜀王本纪》曰：'蜀王之先，名蚕丛、柏濩、鱼凫、蒲泽、开明。从开明上至蚕丛，积三万四千岁。'"《华阳国志·蜀志》："有蜀侯蚕丛，其目纵，始称王。死，作石棺、石椁，国人从之，故俗以石棺椁为纵目人冢也。次王曰柏灌。次王曰鱼凫。鱼凫王田于湔山，忽得仙道，蜀人思之，为立祠。"

③ 秦塞：秦之关塞，借指古代秦国之地。通人烟：互相往来。古代蜀地本与中原隔绝，战国秦惠王灭蜀，置蜀郡，蜀地自此始与秦地交通。

④ 太白：山名，秦岭山脉主峰，位于今陕西境内。鸟道：只有飞鸟能够通过之道路，极言其险绝。横绝：横渡，跨越。峨眉：山名，在今四川峨眉山。

⑤《华阳国志·蜀志》："（秦）惠王知蜀王好色，许嫁五女于蜀，蜀遣五丁迎之。还到梓潼，见一大蛇入穴中。一人揽其尾掣之，不禁。至五人相助，大呼曳蛇，山崩。时压杀五人，及秦五女并将从。而山分为五岭，直顶上有平石。"

⑥ 天梯：谓崎岖高峻之山路。石栈：即栈道，峭壁上凿石架木筑成之通道。

⑦ 六龙回日：《淮南子》注："日乘车，驾以六龙，羲和御之。日至此而薄于虞泉，羲和至此而回六螭。"螭即龙。高标：指蜀山之最高而为一方之标志者。

⑧ 冲波：奔腾之波涛。逆折：逆转倒流。回川：曲折盘旋之河流。

⑨ 黄鹤：传说中仙人所骑之鹤，此言鸟之善高飞者。猿猱（náo）：

泛指猿猴，最善攀缘。

⑩ 青泥：山岭名，在今陕西略阳西北，乃由秦入蜀要道。盘盘：道路曲折回旋。

⑪ 百步九折：指极短路程内有许多弯折；九，极言其多。萦：环绕。岩峦：岩石突起之山峦。

⑫ 扪（mén）：摸。历：经过。参（shēn）、井：星宿名，古人把天上星宿与地理区域相对应，称为“分野”。参宿为蜀之分野，井宿为秦之分野。扪参历井：由秦入蜀山路高峻，在山上可以摸到参宿，擦过井宿。胁息：屏气不敢呼吸。膺：胸。

⑬ 巉（chán）岩：险峻山岩。

⑭ 子规：鸟名，即杜鹃，又名杜宇，蜀地最多，相传为古蜀王杜宇（号望帝）魂魄所化。子规暮春出现，夜里啼鸣，天明方止，若云“不如归去”，声甚哀切，闻者凄恻。愁空山：悲愁充满空寂之山峦。

⑮ 凋朱颜：容颜憔悴、衰老。

⑯ 湍：激流。喧豗（huī）：喧闹声。砯（pīng）：水撞石之声。转：翻转。

⑰ 剑阁：即大、小剑山。大剑山在四川剑阁北，小剑山与之相连。《水经注》：“又东南迳小剑戍北，西去大剑三十里，连山绝险，飞阁通衢，故谓之剑阁也。”峥嵘、崔嵬（wéi）：均指山势高峻挺拔之状。

⑱ 所守：把守关隘之人。或：如若。匪：同“非”。亲：亲信之人。狼、豺：在此割据为患之叛乱者。

⑲ 吮（shǔn）：吸。

⑳ 锦城：即锦官城，在今四川成都南，后人泛称成都为锦城。

㉑ 咨（zī）嗟：叹息。

【赏析】

这首诗一般认为是诗人于天宝元年（742）至天宝三载（744）身

在长安时，为送友人王炎入蜀而写的，目的是规劝王炎不要羁留蜀地，早日回归长安，以免为小人所害，遭遇不测。此诗是诗人的代表作之一，写得荡气回肠，极富浪漫主义气息，令人读之欲罢不能。全诗可分成三个部分。

第一部分从“蚕丛及鱼凫”到“然后天梯石栈相钩连”。诗文紧扣“蜀道难”题旨，历史传说和生动描绘融为一体，将登蜀道之难写得神奇之至，给这条难于上青天的蜀道蒙上了神秘奇幻的色彩：噫吁嚱，那么高！那么险！攀登蜀道的艰难，难过上青天！蜀王蚕丛和鱼凫开国的年代久远，事迹茫然难考。从那时以来四万八千年，秦蜀间无路可通。秦岭的太白峰与蜀地的峨眉峰之间只有飞鸟往还。高山倒塌，大地震撼，从秦国迎亲返回蜀国的五位壮士也随之而亡。山路险阻，凿石架木，自此开辟了蜀地与外界联系的道路。

第二部分从“上有六龙回日之高标”到“嗟尔远道之人胡为乎来哉”。这一部分又可分为两层。前八句为第一层，极写山势的高峻与道路的崎岖。接下来的十四句为第二层，描绘了悲鸟、古木、夜月、空山、枯松、绝壁、飞湍、瀑流等一系列象征险峻的景象，动静相衬，声形兼备，前后呼应，浑然一体。整个部分直接呼应诗题“蜀道难”，通过营造林木荒寂，杜鹃悲啼和沿途的绝壁之险的行旅环境，凸显行路之愁：蜀山有多高？当羲和驾着六条龙拉的太阳车行到此处时，也被高峰挡住，不得不绕道而行；山下，波涛汹涌，急流也被冲折倒流。善飞的黄鹤尚且飞不过去，蜀地的猿猴想攀缘过去也只有对此发愁。青泥岭是多么崎岖迂回啊！峰峦萦回，行百步而九转。蜀道最高处，行人举手似乎就能摸到天上指配蜀地的参星，抬脚就能跨过指配秦地的井星；人仰首屏气不敢呼吸，只好坐下抚胸长叹。我问君子，您到西边去游历，什么时候才能回来呢？我忧愁路途山势陡峭，不可攀登。只有鸟儿在山中古木上哀鸣，雌鸟跟着雄鸟在林中飞越；又听到杜鹃鸟在月夜里凄啼，悲切声荡漾在空山间。过蜀道之难，难过上青天！

人们一听到要登蜀道，容颜都会为之衰老。连绵的山峰，离天还不满一尺，苍老的松树倒挂倚靠在悬崖绝壁之上，飞扑直下的激流，奔腾喧哗的瀑布，它们冲击岩石的声音如同万壑雷鸣！蜀道之险如此，先生您为何还要远道而来啊?

第三部分从“剑阁峥嵘而崔嵬”到“侧身西望长咨嗟”，诗人从地理形势之险要联想到当时社会形势之险恶，暗示诗人希望当朝统治者警惕蜀中“豺狼”与猛虎长蛇，并由此对友人进行规劝。而诗人最后的长长一叹，借蜀道之险，表达了诗人对险恶的社会现实的极度忧虑：剑门关更是险峻而突兀，易守难攻，一个人把守关口，万人大军都难以攻克。如果守关将士不是亲信之人，冲关大军就会变成凶恶的豺狼。人们早上躲避猛虎，晚上躲避长蛇，这些畜生磨牙砺齿，吸人鲜血，杀人如麻。成都虽说好玩，但还是不如早早回家。攀登蜀道的艰难，难过上青天，我侧身西望，不禁发出长长一叹！

诗人以变幻莫测的笔法，荡气回肠地展现了古老蜀道的高峻、艰险、奇恶。同时，诗人从蜀道之险联系当时的社会状况，揭露蜀中“豺狼”的所作所为使太平盛世潜伏着危机。后来发生的安史之乱，证明诗人的忧虑极具前瞻性。

梁甫吟[①]

长啸梁甫吟，何时见阳春？
君不见，朝歌屠叟辞棘津，八十西来钓渭滨[②]。
宁羞白发照清水，逢时壮气思经纶[③]。
广张三千六百钓，风期暗与文王亲[④]。
大贤虎变愚不测，当年颇似寻常人[⑤]。
君不见，高阳酒徒起草中，长揖山东隆准公。
入门不拜骋雄辩，两女辍洗来趋风。
东下齐城七十二，指挥楚汉如旋蓬。
狂客落魄尚如此，何况壮士当群雄[⑥]！
我欲攀龙见明主，雷公砰訇震天鼓[⑦]。
帝旁投壶多玉女，三时大笑开电光，倏烁晦冥起风雨[⑧]。
阊阖九门不可通，以额扣关阍者怒[⑨]。
白日不照吾精诚，杞国无事忧天倾[⑩]。
猰貐磨牙竞人肉，驺虞不折生草茎[⑪]。
手接飞猱搏雕虎，侧足焦原未言苦[⑫]。
智者可卷愚者豪，世人见我轻鸿毛[⑬]。
力排南山三壮士，齐相杀之费二桃[⑭]。
吴楚弄兵无剧孟，亚夫咍尔为徒劳[⑮]。
梁甫吟，声正悲。
张公两龙剑，神物合有时[⑯]。
风云感会起屠钓，大人岘屼当安之[⑰]。

【注释】

① 《梁甫吟》：乐府相和歌楚调曲名。张衡《四愁诗》云："欲往从之梁父艰。"注云："泰山，东岳也；君有德则封此山。愿辅佐君王致于有德，而为小人谗邪之所阻。梁父，泰山下小山名。"《梁甫吟》或取此义。

② 朝歌屠叟：即吕望（姜太公吕尚）。《战国策·秦策三》："臣（范雎）闻始时吕尚之遇文王也，身为渔父而钓于渭阳之滨耳。"又《韩诗外传》卷七："吕望行年五十，卖食棘津，年七十屠于朝歌，九十乃为天子师，则遇文王也。"言姜太公五十岁时在棘津（今河南延津东北）卖食，七十在朝歌（殷都，今河南淇县）屠牛，八十渭水垂钓，九十辅佐周文王。

③ 经纶：治国安邦之术。

④ 言姜太公渭水垂钓十年，始与文王相见。风期：风度。《世说新语》注："支遁风期高亮。"

⑤ 大贤：指姜太公吕尚。虎变：虎秋后换皮毛，文采缤焕。喻贤者能骤然得志。《周易·革卦》："大人虎变。象曰：大人虎变，其文炳也。"此句谓姜太公吕尚行为多变莫测，终有得志之日，非愚者所能预测。

⑥ 高阳酒徒：西汉人郦食（yì）其（jī）；高阳，古地名，在今河南杞县西。《史记·郦生陆贾列传》："郦生食其者，陈留高阳人也。好读书，家贫落魄，无以为衣食业，为里监门吏。然县中贤豪不敢役，县中皆谓之狂生……沛公至高阳传舍，使人召郦生。郦生至，入谒，沛公方倨床使两女子洗足，而见骊生。骊生入，则长揖不拜，曰：'足下欲助秦攻诸侯乎？且欲率诸侯破秦也？'沛公骂曰：'竖儒！夫天下同苦秦久矣，故诸侯相率而攻秦，何谓助秦攻诸侯乎？'郦生曰：'必聚徒合义兵诛无道秦，不宜倨见长者。'于是沛公辍洗，起摄衣，延郦生上坐，谢之。

郦生因言六国纵横时。沛公喜……号郦食其为广野君。”汉三年（前204），郦食其游说齐王，一举得齐七十二城。隆准：高鼻子。隆准公：指刘邦。《史记·高祖本纪》：“高祖为人，隆准而龙颜。”趋风：疾行至下风，表示向对方致敬。或谓疾行如风前来迎接。旋蓬：随风飘旋之蓬草。狂客：指骊食其。

⑦ 攀龙：攀附天子以建功立业。雷公：传说之雷神。砰（pēng）訇（hōng）：声音洪大。

⑧ 投壶：古代宴乐游戏，宾主依次投箭壶中，负者饮。汉东方朔《神异经·东荒经》：“东荒山中有大石室，东王公居焉……恒与一玉女投壶，每投千二百矫，设有入不出者……矫出而脱误不接者，天为之笑。”晋张华注：“今天上不雨而有电光，是天笑也。”三时：早、午、晚，即一整天，或云春、夏、秋三季。倏（shū）烁（shuò）：电光闪耀。晦冥：昏暗。此两句言皇帝整天寻欢作乐，政令无常，朝政腐败。

⑨ 阊阖（chāng hé）：传说中之天门。阍（hūn）者：天门看守者。《离骚》：“吾令帝阍开关兮，倚阊阖而望予。”

⑩ 白日：喻君王。忧天倾：《列子·天瑞》：“杞国有人忧天地崩坠，身亡所寄，废寝食者。”

⑪ 猰貐（yà yǔ）：传说中的猛兽，此喻朝中权奸。《述异记》卷上：“猰貐，兽中最大者，龙头马尾虎爪。长四百尺，善走，以人为食，遇有道之君即隐藏，无道君即出食人。”驺（zōu）虞：传说中的义兽。《诗经·召南·驺虞》：“于嗟乎驺虞。”毛传：“驺虞，义兽也，白虎黑文，不食生物，有至信之德则应之。”

⑫ 手接：以手相搏。飞猱（náo）：猿类动物。雕虎：斑纹虎。均喻凶险之人。焦原：传说春秋时莒国有大石名焦原。《尸子》卷下：“莒国有石焦原者，广五十步，临百仞之溪，莒国莫敢近也。”

⑬ 卷：收而不用。《论语·卫灵公》：“君子哉蘧伯玉！邦有道，则仕；邦无道，则可卷而怀之。”豪：谓不知进退，逞强好能。《抱朴子》：“愚夫行之，自矜为豪。”此二句言智者可忍一时之屈，而愚者只知一味骄横。世人不辨，视我轻如鸿毛。

⑭ 春秋时，齐景公有公孙接、田开疆、古冶子三勇士，以勇力搏虎闻名。一日齐相晏子过，三人皆未行礼，晏子对景公曰，三士无尊卑，将为后患，遂计赏三人两桃，曰功高者可吃桃，三人遂因争功而死。此即“二桃杀三士”之典。事见《晏子春秋》。诸葛亮《梁父吟》有“力能排南山，文能绝地纪。一朝被谗言，二桃杀三士”之句。

⑮ 吴楚弄兵：指西汉景帝三年（前154）吴楚七国之乱。剧孟：汉景帝时贤人。亚夫：即西汉名将周亚夫。汉景帝命亚夫出兵平叛，亚夫在河南得剧孟，遂曰：“吴楚举大事而不求孟，吾知其无能为力已矣。”事见《史记·游侠列传》。咍（hāi）尔：嗤笑。

⑯ 张公：西晋张华。两龙剑：《晋书·张华传》载，斗牛间常有紫气，雷焕观天象，知为剑气之精，且在丰城。于是张华补雷焕为丰城令，雷焕到县，掘狱屋地基，得到龙泉、太阿二剑，遣使者送给张华一柄，自己留下一柄。张华得剑后，致书雷焕云：“详观剑文，乃干将也，莫邪何复不至？虽然，天生神物，终当合耳。”雷焕死后，其子携剑过延平津，剑跃水中，化为双龙。

⑰ 风云感会：形容君臣相得，成就大业。屠钓：指吕尚。臲卼（niè wù）：不安貌。

【赏析】

这首诗约作于诗人“赐金放还”离开长安之后的天宝九载（750），诗人袭用诸葛亮《梁父吟》立意，巧夺妙换，翻出新意，是诗人的代表作之一。诗人抒写遭受挫折以后的痛苦，同时也表现出自己放弃不了对建功立业理想的期待。

开头两句，起势突兀，诗人发凄切悲苦之音，叩问自己何时遇知音、得重用，显示诗人此时心情极不平静。一啸一问，振聋发聩，奠定全诗的基调：我长啸一声，高歌《梁甫吟》，什么时候我才能看到自己从埋没中得到重用、从压抑中得以施展抱负的春天。

接下来十六句，两组“君不见”，诗人引用两个历史故事，实际上寄寓着自己的理想与抱负。诗人不相信自己会长期沦落，毫无作为，并对自己的前途有着坚定的信念，显示着诗人内心的乐观与积极：你难道没有看见，周朝姜太公，五十岁在棘津做小贩，七十岁在朝歌做屠夫，八十岁时还垂钓于渭水之滨，用直钩钓了十年鱼（每天一钓，十年共三千六百钓），才得到文王的青睐。姜太公行为多变莫测，却终有得志之日，从当年看似寻常之人一变而为治世之臣，真非愚者所能预测。你难道没有看见，秦末汉初，草莽出身的看门的下贱小吏高阳酒徒郦食其，沛公刘邦根本没把他当作高人看待。刘邦召郦食其来见，也不起身相迎。而郦食其见了刘邦也只是长揖而不叩拜，并凭借着自己的雄辩最终让刘邦对他刮目相看。刘邦斥退洗足女子，立即起身接见郦食其，并洗耳恭听他的治国之策。郦食其后来凭借自己的雄辩之才，东下齐国说服齐王率七十二城来降汉，他在楚汉间纵横捭阖，就像在空中飘旋的蓬草那样轻而易举。看似平常之人的姜太公和被称为狂人的落魄的郦食其都能成就一番伟业，何况像我这样身怀报国壮志又出类拔萃超过群雄的人！

紧接着“我欲攀龙见明主”以下七句，诗人笔调陡转，情绪突变，一下子从乐观自信陷入到痛苦怨怼之中。诗人创设在天国遭遇的窘境，实际上是在宣泄自己在现实社会中忠而被弃、才而不用的愤懑与不平：为了见到明主，实现自己建功立业的目标，我不惜攀龙附凤登临天宫，却不料遭遇凶恶雷公厉色恶声地擂起天鼓的恐吓。天帝与侍女们一心玩着投壶的游戏，无暇顾及他人，从早到晚，天神们高兴时天上电光闪耀，恼怒时天地昏暗，风雨如晦。天宫之门紧闭不通，我求见天帝心切，不顾一切地叩响天宫之门时，守卫天门的阍者却怒从心生、报之以威，将我挡在天门之外。

再从“白日不照吾精诚”以下十二句，诗人运用各种典故暗写自己所面临的社会现状，抒发自己内心的忧虑和痛苦，抨击现实社会的不合理现象：君王不能体察我对国家的一片精诚，反而说我是杞人忧天。当恶兽猰貐般的权奸们磨牙砺齿戕害人民时，君王何时能像非自死之肉不食的义兽驺虞那样做仁治天下的明主。我能像古时的勇士那样左手接飞猱，右手搏雕虎去整顿乾坤，即使置身于危险的焦原仍不以为苦。然而，庸碌之辈趾高气扬，智者却屈才居下，不甘沉沦的我也被世人看得轻如鸿毛。古时齐景公手下有公孙接、田开疆、古冶子三勇士，力能排山搏虎却不知礼义，国相晏子怂恿景公只用了两个桃子就将三人诛杀。汉景帝时，吴楚七国连剧孟这样的能人都弃之不用，引得领命平定七国之乱的周亚夫嗤笑七国叛乱为徒劳。

最后六句，诗人以“声正悲”呼应开篇的“长啸”，使沉痛和悲怆贯穿全诗。然而，诗人又笔锋陡转，牢骚怨怼之余，仍在用各种方式自我宽慰，始终没有放弃对理想的追求：我高声吟诵《梁甫吟》，心事重重声声悲壮。我确信，干将、莫邪二剑不会久没尘土，就像我同“明主”一时为小人阻隔，但终当有会合之时。既然做过屠夫和钓徒的姜太公最后也能君臣相得，成就大业，那我要成为不世之大人物，身居坎坷之途之际，就应该安时俟命，等待风云感会的一天到来。

全诗布局奇特，变幻莫测；通篇用典，意境多姿；节奏起伏，错落有致，将诗人强烈而又复杂的思想感情表现得淋漓尽致。

乌夜啼[1]

黄云城边乌欲栖，归飞哑哑枝上啼[2]。
机中织锦秦川女[3]，碧纱如烟隔窗语。
停梭怅然忆远人，独宿空房泪如雨。

【注释】

① 《乌夜啼》：古乐府名，南朝宋临川王义庆所造。

② 哑哑：乌啼声。

③ 秦川女：指苏蕙。前秦苻坚在位时，窦滔任秦州刺史，因罪流放至流沙（今甘肃敦煌）一带。其妻苏蕙思念丈夫，织锦为回文诗赠给窦滔。

【赏析】

这是一首闺怨诗。诗人描绘深锁闺中的女子的情思，抒写深切，令人怅然不已。

开头两句，诗人以象征孝慈、祥瑞与团圆、相思的神鸟乌鸦的归巢代言心绪愁烦的闺中思妇思念远在天涯的征夫的意蕴：黄云漫天，夕曛渐淡，余晖洒在城外的林梢上，归飞的乌鸦成群地盘旋着，哑哑地啼叫。

中间两句，诗人对秦川女不作任何具体的描写，而是化用了前秦时窦滔妻苏蕙织锦之绣《璇玑图》的故事来凸显秦川女子的思夫之情：在闺中用织机织布的秦川女子，在暮色迷茫中，透过轻烟般的碧纱窗，眼望窗外的双双归鸟而喃喃自语。

结尾两句，诗人表意直白，以质朴自然的语言塑造了一位心如蒲苇韧如丝的专情女子形象：征夫远在异地他乡不得归，使得思妇常常停下手中的织梭，追忆二人昔日恩爱相守的过往。思妇悲愁郁结，无从排解。夜夜独守空房的身心俱伤，使她不禁泪如雨下，伤怀至极。

全诗写思妇之悲，诗人别具匠心，仅仅概言其为思夫所苦的外在动作和神态，而不细究其心事，这样倒使得此诗言外有情，语浅意深，让人回味无穷。

乌栖曲[①]

姑苏台上乌栖时[②]，吴王宫里醉西施[③]。
吴歌楚舞欢未毕，青山欲衔半边日。
银箭金壶漏水多[④]，起看秋月坠江波。
东方渐高奈乐何！

【注释】

① 《乌栖曲》：《乐录》："《乌栖曲》者，鸟兽三十一曲之一也。"《乐府诗集》列于西曲歌中，为《乌夜啼》之后。

② 姑苏台：遗址在今江苏苏州西南姑苏山上，吴王夫差所造，或云阖闾所筑，夫差高而饰之。

③ 吴王：即夫差。《述异记》："吴王夫差筑姑苏之台……上别立春宵宫，作长夜之饮……作天池……与西施为水嬉。"

④ 银箭金壶：古代计时工具。其制以漏壶之底穿孔，中立一箭。壶中之水因漏而减，漏刻之度亦以次显露。

【赏析】

这首诗通过歌咏宫廷的艳情来讽刺宫廷淫靡生活，表达了诗人对统治者纵情声色的批判之意。

开头两句，诗人以洗练而含蕴的手法，营造昏林暮鸦的氛围和描写宫廷中的纵情享乐情景来预示吴国没落的趋势，使乐极生悲的意蕴跃然纸上：日暮时分，姑苏台上乌鸟归巢，春宵宫里，美人西施醉意深重。

三、四两句，诗人再现昏沉的氛围，凸显出国家渐趋衰败之象：

在朱颜微酡，醉眼蒙眬后，吴歌楚舞的享乐尚未尽兴，青山已经吞没了半轮红日，只剩下夕照余晖。

五、六两句，诗人宕开一笔，以悲凉寂寥意象揭示出统治者内心总是感到享乐的时间太短的怅恨和悲哀：秋夜即将消逝，宫中计时用的银箭金壶中的漏水已经很多了，一轮秋月也随之黯淡坠入江波。

最后一句，诗人有意突破《乌栖曲》旧题偶句格式，给这首诗亮出一个耐人寻味的结尾，孤零零的一句，既像是吴王的悲鸣，又像是诗人对昏庸帝王发人深省的叩问：东方渐渐发白，享乐看来是不能再继续下去了。

全诗有别于其他乐府诗的雄奇奔放，写得含蓄婉约。诗人不拘一格，创新而为，值得一品。

战城南[①]

去年战，桑干源[②]；
今年战，葱河道[③]。
洗兵条支海上波，放马天山雪中草[④]。
万里长征战，三军尽衰老。
匈奴以杀戮为耕作[⑤]，古来唯见白骨黄沙田。
秦家筑城避胡处[⑥]，汉家还有烽火燃[⑦]。
烽火燃不息，征战无已时。
野战格斗死，败马号鸣向天悲。
乌鸢啄人肠[⑧]，衔飞上挂枯树枝。
士卒涂草莽，将军空尔为。
乃知兵者是凶器，圣人不得已而用之[⑨]。

【注释】

① 战城南：汉鼓吹乐中铙歌十八曲之一。铙歌是一种军乐，行军时用短箫和铙钹伴唱，故又称短箫铙歌。

② 桑干源：即桑干河，永定河上游，源于山西北部。《旧唐书·王忠嗣传》："天宝元年（742），北讨契丹，战桑干河，三遇三克。"

③ 葱河：即葱岭河，在今新疆境内，有南北二河，南曰叶尔羌，北曰喀什噶尔。《旧唐书·李嗣叶传》："初讨勃律，通道葱岭。"

④ 条支：西域国名。《汉书》："条支国临西海。"或云条支海，即今波斯湾。天山：在今新疆境内。

⑤ 西汉王褒《四子讲德论》："匈奴，百蛮之最强者也。其耒耜则弓矢鞍马，播种则扞弦掌拊，收秋则奔狐驰兔，获刈则颠倒殪仆。"此谓以杀戮为耕作，盖本于此。

⑥ 城：谓长城。秦始皇筑长城以拒匈奴。

⑦ 汉文帝时，匈奴犯边，烽火通甘泉宫。

⑧ 鸢（yuān）：俗名"老鹰"，鸷鸟，嗜食腐败之肉。

⑨《六韬》："圣人号兵为凶器，不得已而用之。"

【赏析】

这首诗是抨击封建统治者穷兵黩武的。唐天宝年间，玄宗多次挥戈边远又几经失败。生灵涂炭，哀怨四起，诗人的悲愤之情难以抑制，内心的呼喊倾泻而出。全诗大致分为三部分和一个结语。

开头八句为第一部分。诗人从征战的频繁和广远落笔，描写统治者东征西战，导致烽火不断，广大的将士在无谓的战争中消耗了青春年华和壮盛的精力：去年征战于桑干河源头，今年又转战在葱河河畔，曾经在条支海中洗过兵器上的污秽，也在天山雪地草原上牧放过疲惫的战马。这些年不断地万里奔驰南征北战，我三军将士皆衰老于疆场，耗尽了青春年华。

接下来六句为第二部分。诗人再从深刻的历史教训方面着墨，警醒统治者汉时边塞烽火燃烧不止，正是政策失当之过，表现了诗人深邃的观察和认识：匈奴人以杀戮掠夺为业，古今不知有多少人战死荒漠之中，结果只是白骨黄沙。秦筑长城防御胡人的地方，汉时仍然烽火高举。烽火燃烧不止，那么战争也就没有结束的时候。

再以下六句为第三部分。诗人以浓重的笔墨描述战场的残酷景象和战争的悲惨结局，从而揭露不义战争的罪恶：荒野上的战斗如此残酷，战败的马匹在战场上向天悲鸣，而它战死的主人尸体却被乌鸦和鹰啄食，肠子也被它们衔着挂在了枯树枝头。士卒作了无谓的牺牲，将军到头来也一无所获。

最后两句，诗人借《六韬》“圣人号兵为凶器，不得已而用之”之说为全诗作结，点明主题。画龙点睛之笔使意旨豁然：要知道，战争是不祥之凶器，贤明有德的君主只是在不得已时才会运用它。

全诗语浅意深，含蓄隽永；凝练精工，气势奔放；夸张的笔墨显示出诗人独特的风格。

将进酒[①]

君不见黄河之水天上来[②]，奔流到海不复回。
君不见高堂明镜悲白发，朝如青丝暮成雪。
人生得意须尽欢，莫使金樽空对月。
天生我材必有用，千金散尽还复来。
烹羊宰牛且为乐，会须一饮三百杯[③]。
岑夫子，丹丘生[④]，将进酒，杯莫停。
与君歌一曲，请君为我倾耳听。
钟鼓馔玉不足贵[⑤]，但愿长醉不复醒。
古来圣贤皆寂寞，惟有饮者留其名。
陈王昔时宴平乐[⑥]，斗酒十千恣欢谑[⑦]。
主人何为言少钱，径须沽取对君酌[⑧]。
五花马、千金裘[⑨]，
呼儿将出换美酒，与尔同销万古愁。

【注释】

① 《将（qiāng）进酒》：汉乐府旧题。古词有“将进酒，乘大白”，因以为题。题目意译即“劝酒歌”。

② 君不见：乐府中常用作提醒人语。

③ 会须：应当。

④ 岑夫子：岑（cén）勋。丹丘生：元丹丘。二人均为李白好友。

⑤ 钟鼓馔玉：鸣钟鼓、食珍馐之富贵豪华生活；馔（zhuàn）玉，言

食物如玉一样精美。

⑥ 陈王：即曹植。植以太和六年（232）封为陈王，其所作《名都篇》有曰："归来宴平乐，美酒斗十千。"李善注："平乐，观名。"

⑦ 恣（zì）欢谑（xuè）：无拘无束，纵情寻欢作乐。

⑧ 径须：只管。沽（gū）：买或卖，这里指买。

⑨ 五花马：谓马之毛色作五花纹者。千金裘：价值千金的皮衣。《史记》："孟尝君有一狐白裘，值千金，天下无双。"

【赏析】

这首诗的创作时间目前尚无定论，有两说：旧说作于诗人天宝年间去朝之后（约752）；另一说为今人考证，诗人曾两入长安，此诗当为诗人开元间一入长安以后（约736）所作。这首诗是一首劝酒歌，这酒，劝得恣意畅快，不容推拒；这酒，喝得酣畅淋漓，不醉不归。全诗荡气回肠，气韵流畅，是李白的代表诗作之一。

开篇四句，历来是为人称誉的佳句名言，诗人以两度呼告起笔，大开大合，气势不凡，抒情色彩浓重。诗人凭想象以空间和时间的夸张之词极写大河东去的势不可当之态，并悲叹人生短促，把本已短暂的人生说得更短暂，渲染了跨越时空的伤感之情：你难道没有看见，黄河之水从天而降，浩浩荡荡奔向大海，一去不返。身居高大的厅堂，揽镜自照，看见头发由黑变白，不觉悲从中来。白驹过隙，人生短暂，头发早上还是乌黑，傍晚就变成了雪白。

接下来六句，正当读者还感悲不已时，诗人的笔调由悲而突转为欢和乐，诗歌的境界也为之一开。人生难免有悲时，诗人也不例外，然而，诗人以强大的自信面对这些失意和愤慨。诗人与友人大快朵颐，开怀痛饮，心中高调用世的情感之潮随时等待喷涌：人在顺畅得意时应当要尽情欢乐，不要让自己的金杯空对明月。既然老天让我生下来，必定能发挥我的作用，千万两黄金用尽还会再次得来。让我们烹羊宰牛，一起尽情欢乐吧！这次大家一定要痛饮三百杯！

以下四句，诗的节奏陡起变化，读来音调铿然，读者也为此警醒。诗人在酒精的作用下表达也渐趋直白狂放，诗人不仅直呼二位友人的姓名，且反客为主，高举酒杯，劝友痛饮，其眼花耳热的醉态形象活灵活现、跃然纸上：岑夫子，丹丘生，请喝酒，莫停杯！我为你们吟唱一曲，请你们为我倾耳细听。

再以下八句，实为承上。诗人要为友人高歌一曲，也是诗人的心曲表达。诗情至此，诗人笔调又由狂放转为激愤。诗人曾立志报国，此时却愿长醉不醒，诗人曾立志“布衣而一跃为卿相”，而此时却道富贵“不足贵”，这不是酒后真言，而是出离愤怒之语。诗人接着化用其《名都篇》“归来宴平乐，美酒斗十千”之句，以曹植作代表，表达自己与曹植惺惺相惜之感，凸显自己怀才不遇，常陷入借酒浇愁的窘境：钟鸣鼎食的富贵生活不值得珍贵，我只愿一醉方休，再也不要醒来。自古以来的圣贤都寂寂无闻，只有好饮酒的人，才能死后留名。陈思王曹植，当年在平乐观里大摆筵席，一斗酒就值万钱，他们一斗斗喝得多么痛快！主人家怎么在意手头的钱少呢，只管沽酒来，我们一起享用。

最后几句，诗人酒喝得不知所以了，他甚至开始替主人做主。诗人口气甚大，颐指气使，几令人不知谁是“主人”，足见诗人放诞任性、不拘形迹的性格，也显见诗人奔涌跌宕的感情激流，实在令人嗟叹咏歌：五花名马，千金轻裘，小童快快拿去典当，换取美酒吧，我只愿与你们在醉乡中一起消泯这无奈人生的万古悲愁！

全诗笔饱墨酣，狂放悲壮；个性张扬，格调高亢。诗人以劝酒之名，写自己借酒浇心中块垒之事，悲意贯穿全诗，真是大起大落，非如椽巨笔办不到。

行路难三首[①]

其　一

金樽清酒斗十千[②]，玉盘珍羞直万钱[③]。
停杯投箸不能食，拔剑四顾心茫然。
欲渡黄河冰塞川，将登太行雪满山[④]。
闲来垂钓碧溪上，忽复乘舟梦日边[⑤]。
行路难，行路难，多歧路，今安在[⑥]？
长风破浪会有时[⑦]，直挂云帆济沧海！

【注释】

①《行路难》为古乐府道路六曲之一，极言世路艰难或离别伤悲之意。

② 金樽（zūn）：古代盛酒器具，以金为饰。斗十千：言一斗酒十千钱。曹植诗："美酒斗十千。"

③ 珍羞：珍贵菜肴；羞，同"馐"，美味食物。直：通"值"，价值。参见《将进酒》注⑤。

④ 鲍照《舞鹤赋》："冰塞长川，雪满群山。"

⑤ 垂钓碧溪：姜太公吕尚曾在渭水磻溪钓鱼，得遇周文王，助周灭商。《水经注·清水》："城西北有石夹水，飞湍浚急，人亦谓之磻溪，言太公尝钓于此也。"乘舟梦日边：伊尹曾梦乘船过日月之旁，后遇商汤，助商灭夏。沈约《宋书·符瑞上》："伊挚将应汤命，梦乘船过日月之旁。"此二句喻诗人对从政有所期待。

⑥《列子》："杨子之邻人亡羊，既率其党，又请杨子之竖追之。杨子曰：'嘻！亡一羊何追者之众？'邻人曰：'多歧路。'"

⑦ 长风破浪：喻实现政治理想。《宋书·宗悫（què）传》："悫年少时，（叔父）炳问其志，悫曰：'愿乘长风破万里浪。'"

【赏析】

这组诗一共三首，约作于天宝三载（744），是诗人浪漫主义诗作中的代表作。当时，诗人被"赐金放还"，离开待了两三年的长安，诗人重新上路，一连三叹"行路难"！组诗以诗人满腔政治抱负难以实现为主题，内容上紧密联系，不可分割，同时，三首诗各自的表达又有侧重。这首诗表达了诗人行路途中的艰难，寄寓了诗人在追求理想过程中的种种情感，抒发了诗人怀才不遇的愤慨。但在诗尾，诗人仍然表现出了对自己人生前途充满乐观的豪迈气概。

开头两句，诗人就呈现出友人不惜一掷千金，置办饕餮珍馐，要与他畅怀豪饮、一醉方休的场面：金质酒杯里盛满的美酒，一斗就值十千；白玉盘里珍美的佳肴，亦值万钱。

三、四两句，笔调一转，诗人不曾想，友人的一片盛情，反而勾起自己心中积郁已久的痛来。停、投、拔、顾，形象地显示出诗人内心英雄无路可去的痛苦：我端起了酒杯，却又推开了；我拿起了筷子，却又把它放下了；我拔剑出鞘，环顾四周，心中却是恍惚茫然。

五、六两句，诗人暗用比兴，以黄河冰阻、太行积雪满山来比喻满怀政治理想的他，却遭到君王无情抛弃的残酷现实：我是多么想渡过黄河啊，黄河却被冰封塞住了河道；我又是多么想攀登太行啊，山上却堆满了积雪。

七、八两句，描写诗人在心境茫然之际，忽然想到两位在政治上也曾郁郁不得志，而最终大有作为的人物。而这两人终有所为的经历，似乎又给诗人增加了获得新生的希望：我遥想吕尚昔日垂钓碧溪，得遇文王；伊尹梦见自己乘舟绕日月而过，受命商汤。我追思先人，亦垂钓于此，但真能有所作为吗？

接下来四句，描写当诗人的思路回到眼前现实中来时，刚从吕尚、伊尹两人身上获得抚慰的他，再一次感到人生道路的艰难，这是情感在矛盾尖锐复杂中的再一次痛苦轮回：路难行！路难行！人生的道路是多么艰难啊！前程茫茫，歧路纷杂，我如今又该向哪边走呢？

结尾两句，诗人最终摆脱歧路上的犹豫彷徨，信心满满地在全诗结篇高声呼告。他相信尽管前路障碍重重，但终有一天他会乘风破浪，到达理想的彼岸：但是，总有一天，我会乘着长风，破开巨浪，高挂起船帆，横渡过沧海，到达理想的彼岸！

全诗用字大胆，言词夸张；笔势纵横，抑扬顿挫；行云流水，气贯长虹。颇似一曲旋律激昂多变的交响曲，读之令人震撼不已。

其　二

大道如青天，我独不得出。
羞逐长安社中儿[①]，赤鸡白雉赌梨栗。
弹剑作歌奏苦声[②]，曳裾王门不称情[③]。
淮阴市井笑韩信[④]，汉朝公卿忌贾生[⑤]。
君不见昔时燕家重郭隗[⑥]，拥篲折节无嫌猜[⑦]。
剧辛乐毅感恩分，输肝剖胆效英才[⑧]。
昭王白骨萦蔓草，谁人更扫黄金台[⑨]？
行路难，归去来！

【注释】

① 社：古二十五家为一社。此句言羞于与小人为伍。

② 《战国策·齐策四》：“齐人有冯谖者，贫乏不能自存，使人属

孟尝君，愿寄食门下……居有顷，倚柱弹其剑，歌曰：‘长铗归来乎！食无鱼。’左右以告。孟尝君曰：‘食之，比门下之客。’居有顷，复弹其铗，歌曰：‘长铗归来乎！出无车。’”

③ 曳（yè）：拉。裾（jū）：衣服的大襟。曳裾王门：喻在权贵门下充食客。汉邹阳《上吴王书》：“饰固陋之心，则何王之门不可曳长裾乎？”

④《史记·淮阴侯列传》：“淮阴屠中少年有侮信者，曰：‘若虽长大，好带刀剑，中情怯耳。’众辱之曰：‘信能死，刺我；不能死，出我袴下。’于是信孰视之，俯出袴下，蒲伏。一市人皆笑信，以为怯。”

⑤ 贾生：即贾谊。《史记》：“天子议以贾生任公卿之位。绛、灌、东阳侯、冯敬之属尽害之，乃短贾生。”

⑥ 郭隗（wěi）：战国中期燕国大臣、贤者。《史记》：“燕昭王即位，卑身厚币以招贤者……郭隗曰：‘王必欲致士，先从隗始。’……于是昭王为隗改筑宫而师事之。乐毅自魏往……剧辛自赵往。”

⑦ 彗：即笤帚。拥彗：即手执笤帚扫地。古人迎候宾客，尝拥彗以示恭敬。《史记》：“邹衍如燕，昭王拥彗先驱，请列弟子之坐而受业。筑碣石宫，身亲往师之。”

⑧ 剧辛：战国时燕国将领。乐毅：战国时军事家，拜燕上将军。燕昭王礼贤下士，二人皆为之竭诚尽力。参见注⑥。

⑨ 黄金台：亦称招贤台，在今河北定兴。燕昭王置千金于台上，以延天下之士。

【赏析】

这首诗中，诗人的怨恨之气扑面而来，满腹积郁倾泻而出。当然，诗中也表现了诗人对功业的渴望，更流露出他在困顿中仍然想有所作为的积极用世的热情。

开头两句，陡起壁立，不做埋伏，诗人的怨恨之气扑面而来，满腹的郁积喷发倾泻：通衢大道，如浩浩青天坦荡如砥，我却独不得出行其上。

三、四两句，诗人对纨绔子弟和权贵迎合统治者热衷斗鸡游戏或赌博的喜好而打开仕途之门的丑恶现象嗤之以鼻。诗人表示自己不会为了走仕途捷径而放下自尊去斗鸡走狗巴结权贵。一个“羞”字，画出了诗人清高自守的内心，当然，也凸显了诗人意欲用世而投之无门的窘境，暗扣“行路难”诗旨：我羞于追随长安城中的纨绔子弟，为仕途而巴结权贵，去玩斗鸡走狗一类的赌博游戏。

五、六两句，诗人借用冯谖的典故，表达自己虽希望与达官贵人交往，却无冯谖一样的好运，君王只将他视作诗词侍客，根本不把他当一回事，因而诗人直言不如意，叹息仕途之路“行路难”：冯谖弹剑作歌发牢骚要离开孟尝君，终于引起孟尝君的注意而得到应有的礼遇，但要我拉起衣服的大襟，卑躬屈节地出入权贵之门做食客，则会让我非常的不如意。

七、八两句，诗人再用韩信遭辱和贾谊遭妒的典故，暗喻自己在长安时遭受他人的嘲笑、轻视，以及权贵们的忌妒和打击的境况，渲染烘托了诗人在仕途之路上的失意：当年韩信未得志时，在淮阴市井遭遇无赖的胯下之辱；年轻的贾谊恃才得宠，却遭遇汉朝公卿大臣的嫉妒，年纪轻轻就抑郁而终。

九至十四句，诗人由衷地羡慕战国时燕昭王礼遇臣子，臣子报效君王的君臣关系，流露出他对建功立业的渴望和对理想的君臣关系的追求。诗人的怀古，实则是无奈见弃的伤今，表明他对朝廷的失望：你难道没有看见，古时燕昭王为国家富强，重用郭隗，并接受郭隗的建议，筑“黄金台”以招纳天下贤士。燕昭王还亲自手执扫帚扫路，恐尘土飞扬，用衣袖挡帚迎贤士邹衍；君臣之间毫无嫌疑猜忌。于是，剧辛和乐毅在燕昭王的感召下，感激知遇的恩情，竭忠尽智，以自己的才能来报效君主。这样的君臣情谊千古流传，而千年之后，燕昭王的白骨早已被蔓草湮没，还有哪个君王再建“黄金台”来曲己下士、招揽贤才呢？

结尾两句，既是沉重的叹息，也是愤怒的抗议。诗人觉得既然朝廷上下都不看重他，反而排斥他，那就只有拂袖而去了。当然，诗人表达的归隐，并不等于要将消极避世作为自己人生的终点，他还抱有他日东山再起，“直挂云帆济沧海”的梦想：世路上行走如此艰难，我只好归去啦！

全诗用词直白，匠心独运；悉数用典，借古伤今；笔意蕴藉，颇有兴味。

其　三

有耳莫洗颍川水①，有口莫食首阳蕨②。
含光混世贵无名③，何用孤高比云月？
吾观自古贤达人，功成不退皆殒身。
子胥既弃吴江上④，屈原终投湘水滨⑤。
陆机雄才岂自保⑥，李斯税驾苦不早⑦。
华亭鹤唳讵可闻⑧？上蔡苍鹰何足道⑨？
君不见吴中张翰称达生，秋风忽忆江东行。
且乐生前一杯酒，何须身后千载名⑩。

【注释】

① 见《古风五十九首（选四）》其二十四注⑤。又《高士传》：“许由耕于中岳颍水之阳，箕山之下，尧召为九州长，由不欲，闻之，

洗耳于颍水之滨。”

② 《史记》：“伯夷叔齐……不食周粟，隐于首阳山，采薇而食之。”首阳山在今山西永济南。《索隐》：“薇，蕨也。”

③ 《高士传》载：巢父谓许由曰：“汝何不隐汝形，藏汝光？”此句意谓不露锋芒，随世俯仰。

④ 《吴越春秋》：“吴王闻子胥之怨恨也，乃使人赐属镂之剑。子胥受剑……遂伏剑而死。吴王乃取子胥尸，盛以鸱夷之器，投之于江中。”吴江：即今之吴淞江。

⑤ 屈原以忠见斥，于五月五日自投于汨罗江而死。汨罗江为二水合流之名，在今湖南西流入湘水。

⑥ 《晋书》：“陆机，字士衡……少有异才……太安初，（成都王）颖与河间王颙起兵讨长沙王乂，假机后将军、河北大都督……长沙王乂奉天子与机战于鹿苑，机军大败……（宦人孟玖）遂谮机于颖，言其有异志。……颖大怒，使秀密收机。……（机）既而叹曰：‘华亭鹤唳，岂可复闻乎！’遂遇害于军中，时年四十三。”

⑦ 见《古风五十九首（选四）》其十八注⑬。

⑧ 华亭：即今上海吴淞口，陆机故宅在其侧。唳：鹤、鸿雁等高亢地鸣叫。《语林》：“机为河北都督，闻警角之声，谓孙丞曰：‘闻此不如华亭鹤唳。’故临刑有此叹。”参见注⑥。

⑨ 《太平御览》引《史记》曰：“李斯临刑，思牵黄犬臂苍鹰出上蔡（今河南上蔡）东门不可得矣。”考今本《史记·李斯列传》中无“臂苍鹰”字，而太白诗中屡用其事，当另有所本。

⑩ 《晋书·张翰传》：“张翰，字季鹰，吴郡吴人也。……翰有清才，善属文，而纵任不拘，时人号为“江东步兵”。……齐王冏辟为大司马东曹掾。冏时执权……翰因见秋风起，乃思吴中菰菜、莼

羹、鲈鱼脍，曰：‘人生贵得适志，何能羁宦数千里以要名爵乎！’遂命驾而归。著《首丘赋》，文多不载。俄而冏败，人皆谓之见机。然府以其辄去，除吏名。翰任心自适，不求当世。或谓之曰：‘卿乃可纵适一时，独不为身后名邪？’答曰：‘使我有身后名，不如即时一杯酒。’时人贵其旷达。”

【赏析】

这首诗意在揭露宫廷政治的黑暗和险恶，同时，诗人也借古人典故劝慰自己“且乐生前一杯酒”，不为身后千载之沽名。

开头四句，诗人开门见山，借许由和伯夷叔齐之事表达自己退隐江湖、及时行乐的意愿。坦言自己当韬光养晦、混沌于世，无须对虚名孜孜以求：许由遇尧召而不欲，何必要到颍水洗耳呢？伯夷叔齐忠于前朝耻于新朝，何必要弃世到首阳山上采薇而食以致饿死呢？人生在世贵在无名混世，何必要清高堪比云月，把自己弄成孤家寡人与世格格不入呢？

接下来八句，诗人列举四位功成身不退以致最终殒身者来警示自己，仕途艰险，功成而不身退，终将导致人生的悲剧：在我看来，自古以来前朝的贤达之士，建功立业、大功告成又功高盖主后，不自行隐退的大都死于非命。伍子胥助吴王称霸吴越，却最终不敌美人一计，遭吴王赐剑自刎；屈原忠贞而遭谤，被流徙而回朝无望，终投汨罗而去；陆机少有奇才，文章冠世，却不敌宦人谗言之害；李斯位极人臣，却逃不过盛极必衰之则，获腰斩于市之刑。怎不闻陆机“华亭鹤唳”之叹？怎不听李斯“上蔡执苍鹰”之慨？

最后四句，面对险恶世道，在济世出世两难之际，诗人赞赏、羡慕张翰之举，也是诗人在无可选择的时候，以张翰之举做自我宽慰，更是表达对现实的激愤：你难道不知道吗，吴中的张翰是个旷达之人，因见秋风起而借思乡之名辞官回到江东故里，得以全身而退。所以，人生得意须尽欢，及时行得眼前乐，岂能为了身后的千载虚名苦了今生！

全诗情绪纯粹，表达通透；通篇用典，化用无痕；委婉达意，韵味无穷。

长相思二首[1]

其 一

长相思，在长安。
络纬秋啼金井阑[2]，微霜凄凄簟色寒[3]。
孤灯不明思欲绝，卷帷望月空长叹。
美人如花隔云端。
上有青冥之高天，下有渌水之波澜[4]。
天长路远魂飞苦，梦魂不到关山难。
长相思，摧心肝。

【注释】

① 《长相思》：为怨思二十五曲之一。本汉人诗中语，六朝始以名篇。

② 络纬：虫名，似蚱蜢而大，俗谓之纺织娘。金井阑：井上栏杆。古乐府多有玉床金井之辞，盖言其木石美丽，价值金玉云耳。

③ 簟（diàn）：竹席。

④ 渌（lù）水：清澈的水。

【赏析】

这首诗是李白离开长安后回忆往日情绪时所作，豪放飘逸中兼有含蓄。诗人通过对秋虫、秋霜、孤灯等景物的描写抒发了感情，表现出相思的痛苦。“美人如花隔云端”是全诗的中心句。我国古代经常用“美人”比喻所追求的理想，表明此诗目的在于抒发诗人追求政治理想而不能的郁闷之情。全诗大致可分为两部分。

开头从“长相思”至“隔云端”七句为第一部分。写诗中人“在长安”的相思之苦，描绘的是一个孤栖幽独者的形象。诗人是通过环境气氛层层渲染的手法，来表现这一人物的感情的：长久思念的人啊，在戍守长安。纺织娘在秋天的金井栏杆旁啼叫，微霜初降，竹席寒凉。孤独的灯光昏昏暗暗，刻骨的思念欲断不能。卷起窗帘，仰望明月，只有空自长叹。如花一样的美人相隔遥远如在云端。

接下来从“上有青冥”至篇末六句为第二部分。诗人对可望而不可即的“隔云端”的如花美女开始了一场梦游式的追求。然而，面对重重的难关，这个追求美梦难成，于是诗篇以沉重的一叹作结……结句短促有力，给人以执着之感，诗情虽则悲恸，但绝无萎靡之态：我梦魂飞扬地要去找寻我思念的人儿，然而，上有高远的青天，下有清澈的绿水波澜。天长路远，魂魄飞渡都很辛苦，关山阻挡，梦魂也难到达呀。我长久的思念啊，摧人心肝！

全诗对称整饬，韵律感强；词清意婉，十分动人。诗人将相思苦情表现得淋漓尽致。

其　二

日色欲尽花含烟，月明欲素愁不眠[①]。
赵瑟初停凤凰柱[②]，蜀琴欲奏鸳鸯弦[③]。
此曲有意无人传，愿随春风寄燕然[④]。
忆君迢迢隔青天。
昔时横波目，今作流泪泉[⑤]。
不信妾肠断，归来看取明镜前。

【注释】

① 素：生绢洁白者。王勃诗：“云开月色明如素。”

② 赵瑟：即瑟。因其战国时流行于赵国，故名。或云赵国女子长于弹瑟，故名。凤凰柱：刻成凤凰形的瑟柱。

③ 司马相如工琴而处蜀，故曰蜀琴。鸳鸯弦：犹言雌雄弦也。

④ 燕然：山名，为漠北极远之地，即今蒙古国之杭爱山。

⑤ 横波：言目斜视，如水之横流也。此二句言女子眼神清澈灵动、勾人心魄，如今却化为泪水之源泉。

【赏析】

这首乐府诗是诗人诗歌中的一颗璀璨的明珠。夸张大胆，想象奇特，一个思念夫君的女子深情款款的形象跃然纸上。诗人虽不是女子，却能把女子刻画得如此生动、细腻，不愧为“诗仙”。

开头两句，诗人将一幅温婉细腻的图景呈现出来：太阳将要落山了，花儿似乎笼罩在朦胧的烟雾中，明亮的月亮升起来就像洁白的生绢，一种莫名的愁绪涌上心头，使人无法入眠。

三、四两句，用一副工整的对仗句来表达女子情思。凤凰、鸳鸯都是出双入对的，人们常用来比喻男女之间的爱情，在此暗喻皎洁月光下无法入眠的女子思念远方征夫的感情：弹奏赵瑟的手刚刚停留在凤凰柱上，又想拿起蜀琴弹奏鸳鸯弦。

五、六两句，诗人突发奇想，托和煦的春风传递思妇的相思。思妇明知这是不可能的事，却仍然抱有希望，可见思妇情之真、情之切：可惜这饱含情意、绮丽动人的曲调无人传递，但愿它随春风送到良人所在的遥远的燕然。

第七句，单独一声沉重的叹息起承上启下的作用，以青天来夸张夫妇俩相隔万里，从而引出下面对思妇顾影自怜、独自凄凉的描写：忆情郎啊，情郎他迢迢隔在天那边。

结尾四句，诗人形象而巧妙、夸张而令人信服地写出了相思成空的思妇的哀伤之状。显然，在诗人奇特的构思中，在思妇泪眼蒙眬、神思恍惚的思念中，一切又都从现实进入了想象：当年清澈如水、顾盼灵秀、波光入流的双眼，如今成了泪水长流的源泉。夫君你若不信妾怀思肝肠寸断，请归来看看明镜前我的容颜！

这首诗诗人用夸张、排比、对仗、想象、暗喻等手法，从多个角度把一个美丽多情的女子对出征边塞丈夫的思念之情表现得淋漓尽致。

北风行[①]

烛龙栖寒门[②]，光耀犹旦开。
日月照之何不及此[③]，唯有北风号怒天上来。
燕山雪花大如席[④]，片片吹落轩辕台[⑤]。
幽州思妇十二月，停歌罢笑双蛾摧[⑥]。
倚门望行人，念君长城苦寒良可哀。
别时提剑救边去，遗此虎文金鞞靫[⑦]。
中有一双白羽箭，蜘蛛结网生尘埃。
箭空在，人今战死不复回。
不忍见此物，焚之已成灰。
黄河捧土尚可塞，北风雨雪恨难裁[⑧]！

【注释】

① 北风行：乐府《时景曲》调名。内容多写北风雨雪、行人不归的伤感之情。

② 烛龙：我国古代神话传说中司冬夏及昼夜的神，栖息在寒门，人面龙身而无足，身长千里，目发巨光，睁眼为昼，闭眼为夜，北方有太阳照不到的地方，烛龙把那里照亮。

③ 此：指幽州，诗中女子所在地。在今北京及河北北部一带。

④ 燕山：山名，在今河北蓟县东南。此处概举燕山之地，非专指一山。

⑤ 轩辕台：纪念黄帝的建筑物，故址在今河北怀来乔山上。

⑥ 双蛾：女子的双眉。古代常以蛾眉来形容女子眉毛之美。

⑦ 鞞靫（bǐng chāi）：装箭的袋子，饰有虎纹。

⑧ 北风雨雪：《诗经·邶风·北风》：“北风其凉，雨雪其雱。”这里借以衬托思妇悲凄的心绪。

【赏析】

这首诗约作于天宝十一载（752）秋天（一说冬天），当时53岁的诗人在幽州一带游历。此诗以思妇睹物思人为主线，描写一个北方妇女对丈夫战死的悲愤心情，揭露和抨击了安禄山在北方制造民族纠纷，挑起战祸的罪恶之举。

开头六句，诗人极写幽州酷寒景象，以巨大逻辑落差暗喻北地幽州一带社会氛围的阴暗沉郁，起势有力，极富冲击力，且为下面写思妇苦愁做了铺垫：烛龙栖身在寒门，用它的眼睛代替了太阳。日月的光辉为什么照耀不到这块地方？只能听到北风的怒吼。燕山大雪纷飞，雪花大得像席子一样，随风片片飘落在轩辕台上。

接下来四句，诗人用“停歌”“罢笑”“双蛾摧”“倚门望行人”等一连串的动作来刻画人物的内心世界，塑造了一个忧心忡忡、愁肠百结的思妇形象：十二月的幽州，有一位思念丈夫的妇女，突然停止了歌声，收敛笑容，双眉紧锁。她倚靠在门旁，痴望着路上过往的行人，忧念着丈夫，他远在比幽州更寒苦的长城。

再以下八句，诗人通过描写丈夫勇赴国难、杀身报国和思妇睹物思人，抒写思妇对丈夫的思念之情，同时，诗人通过白羽箭上结网蒙尘和思妇将丈夫遗物付之一炬的决绝，来控诉北方战祸的持久与残酷：丈夫临行的时候，拎着宝剑，情绪激昂地准备赴边救国，仅留下这饰有虎纹的箭袋。箭袋中只有一双白羽箭，已布满了蜘蛛网和灰尘。如今，空有箭在，而箭的主人却战死沙场永不会回来。想到这些痛心的往事，思妇不忍目睹它们，无奈将其烧成灰烬。

结尾两句，思妇的愤懑情绪陡起，一腔悲愤如火山爆发，瞬间倾泻而出，极其鲜明地表达了思妇愁恨的深广和她悲愤得不能自已的强烈感情：黄河纵然巨浪滔滔，尚可以捧土填塞，但是，我痛苦的心啊，就像这漫天雨雪一样，绵绵不断，难以平复。

全诗运用夸张、比喻的手法，信笔挥洒，妙语惊人；自然流畅，不露斧凿痕迹；读来直抵人心，动人心魄。

关山月[①]

明月出天山[②]，苍茫云海间[③]。
长风几万里，吹度玉门关[④]。
汉下白登道[⑤]，胡窥青海湾[⑥]。
由来征战地，不见有人还。
戍客望边色，思归多苦颜。
高楼当此夜，叹息未应闲[⑦]。

【注释】

① 《关山月》：伤离别也，为乐府鼓角横吹十五曲之一。

② 天山：此指祁连山。月出于东而天山在西；今言明月出天山，盖自征夫而言：已过天山之西而回首东望，则俨然见明月出于天山之外也。

③ 云海：谓云气苍茫如海也。

④ 玉门关：在今甘肃敦煌。霍去病破走月支，开玉门关。

⑤ 白登：山名，在今山西大同东，汉高祖曾被匈奴冒突围困于此。

⑥ 青海：湖名，在今青海境内。唐哥舒翰筑城于此，后为吐蕃所破。

⑦ 高楼：古诗中多以高楼指闺阁，此指戍边兵士的妻子。南朝陈徐陵《关山月》“思妇高楼上，当窗应未眠”其意本此。

【赏析】

这首诗诗人通过对边塞风光的渲染和无休止战争的铺垫，描写征人的遭遇，以及通过望月来表达出的征人与思妇两地相思的痛苦。

开头四句，诗人展开了一幅辽阔的边塞图，奠定了边塞苍茫的基调，同时，所蕴含的思乡情绪也不言自明：一轮皎洁的明月从天山之巅冉冉升起，穿行在苍茫的云海之间。浩荡的长风破云浪，越瀚海，迤逦几万里，直吹到将士驻守的玉门关。

中间四句，诗人承上启下，化用汉高祖刘邦兵困白登山七天的典故和叙写青海湾一带唐军与吐蕃连年征战而将士无还的史事，表达战争的无休无止和残酷惨烈：当年汉高祖亲自领兵征匈奴，在白登山曾被匈奴围困了七天；而吐蕃觊觎青海大片河山，唐军在此地与匈奴连年征战，烽火不断，使得出征的将士，几乎见不到有人生还。

最后四句，诗人笔调一转，从残酷的战场回到长期戍边的将士身上，抒写因战事残酷，将士们的思乡情思更为深切：戍边将士眼望边塞的景色，盼望着回归故乡的脸上浮现出愁苦之色；他们想象着自家高楼上的妻子，在苍茫月夜中，一声声揪人心肺的惆怅叹息当是不会停止的。

全诗雄壮苍茫，意境高远。诗人用广阔苍茫、深沉磅礴的边塞图景抒发征人思乡的意境，其实就是诗人博大胸怀的自然流露。

王昭君二首（选一）[1]

其　一

汉家秦地月，流影照明妃。
一上玉关道，天涯去不归。
汉月还从东海出，明妃西嫁无来日。
燕支长寒雪作花[2]，蛾眉憔悴没胡沙。
生乏黄金枉图画[3]，死留青冢使人嗟[4]。

【注释】

① 古乐府相和歌吟叹四曲，其二曰《王明君》。王明君即王昭君也。相和歌是中国汉代在"街陌谣讴"基础上继承先秦楚声等传统而形成的一种音乐。主要在官宦巨贾宴饮、娱乐等场合演奏，也用于宫廷的元旦朝会与宴饮、祀神乃至民间风俗活动等场合。

② 燕支：即燕支山，又作胭脂山。在今甘肃境内。汉初以前曾为匈奴所据。山上生长一种燕支草，匈奴女子用来化妆，故名。

③《西京杂记》："元帝后宫既多，不得常见，乃使画工图形，案图召幸之。诸宫人皆赂画工，多者十万，少者亦不减五万。独王嫱不肯，遂不得见。匈奴入朝，求美人为阏氏，于是上案图，以昭君行。及去，召见，貌为后宫第一，善应对，举止闲雅。帝悔之，而名籍已定，帝重信于外国，故不复更人。乃穷案其事，画工皆弃市，籍其家，资皆巨万。"

④ 青冢：即昭君墓。在今内蒙古呼和浩特南。传昭君死后葬此，地多白草，此冢独青，故名。

【赏析】

唐天宝十一载（752）至十二载（753）间，诗人离开幽州至单于都护府凭吊昭君墓，写下《王昭君二首》，此篇为其一。

前四句，诗人开头就用一个“月”字，来烘托远嫁匈奴的昭君眷恋故乡和她回故乡的路永被阻隔的伤感主题，这种生离死别的感觉，不能不让人平添几分惆怅：曾经照耀秦地的月光洒在汉家的大地上，苍茫天地间唯有月亮的流影与王昭君相随。她一踏上通往玉门关的路，从此将在遥远的胡地生活，远在天涯再也没有归来之日了。

后六句，诗人又以“月”字打头发出伤怀的慨叹。面对昭君一去不复返的远嫁，诗人既感到无奈，又感到无望，同时，诗人把昭君的悲剧和宫廷画师相联系，尽管有些牵强，却更能加深悲伤的主题：汉家的月亮明天照样从东海升起，可昭君西去远嫁却没有回来的日子。燕支山外凄冷无比，长年飘雪，终年苦寒，草木难生，只有把落雪当作花。一个绝代美丽的女子，曾经倾国倾城的美貌，一定挡不住塞外的苦寒和风沙的侵袭而憔悴衰老，最后埋没在滚滚黄沙中。昭君她生前没有黄金送给后宫的画师，致使画师怀恨将她丑画，可怜的昭君，死后也只留下一座青冢，供后人凭吊，令人扼腕叹息。

昭君出塞的故事，历来被人写作多种主题，诗人的这首诗则通篇弥漫着一种伤感的气氛，凸显出诗人对于昭君出塞满怀惋惜之情，读来仍然让人伤怀、感动。

久别离[1]

别来几春未还家，玉窗五见樱桃花。
况有锦字书[2]，开缄使人嗟。
至此肠断彼心绝，云鬟绿鬓罢梳结，愁如回飙乱白雪[3]。
去年寄书报阳台[4]，今年寄书重相催。
东风兮东风，为我吹行云使西来。
待来竟不来，落花寂寂委青苔。

【注释】

① 《久别离》：乐府别离十九曲之一，江淹拟古始有《古别离》；后人乃有《长别离》《生别离》《久别离》《远别离》等名，皆出于《古别离》也。

② 锦字书：指前秦苏蕙寄给丈夫的织锦回文诗。《晋书·列女传》："窦滔妻苏氏，始平人也，名蕙，字若兰。善属文。滔，苻坚时为秦州刺史，被徙流沙，苏氏思之，织锦为回文旋图诗以赠滔。宛转循环以读之，词甚凄惋。"

③ 回飙（biāo）：回旋之大风。

④ 阳台：山名，指所怀者所在处。宋玉《高唐赋》："昔者先王尝游高唐，怠而昼寝，梦见一妇人曰……王因幸之。去而辞曰：'妾在巫山之阳，高丘之阻，旦为朝云，暮为行雨。朝朝暮暮，阳台之下。'"

【赏析】

这首诗是诗人创作的一首乐府诗。全诗写夫妻久久别离的相思之苦。

开头两句，诗人开门见山，直抒离别愁情，面对玉窗花色，曲折地表达女主人公注意于花开花落，思念丈夫，感伤青春易逝的情怀：丈夫离家已几年都没回来了，玉窗前的樱桃花花开花谢已历五载。

接下来五句，诗人将离别的感伤递进一层，将人物情感推向高潮：丈夫虽有书信寄来，但我打开书信，仍未见他有还家的意思，令我不胜惆怅叹息。我为丈夫心不在我这里肝肠欲断，现在，我头懒得梳，妆懒得化，心中纷乱的愁闷如空中的雪花在旋风中上下飞舞一样。

再以下四句，诗人不满足于渲染女主人公的别离愁绪，笔锋一转，又生曲折。诗人化用楚襄王遇巫山神女的阳台山，一语双关，既代指丈夫所居之地，更隐含丈夫现在另有新欢。这就将人物内心活动导向纵深，使思妇的一片痴情表露无遗：去年寄书表达思念之苦，今年又寄书催他回还。我无奈地呼唤，东风啊东风，你将我那行云般无定性的负心丈夫吹回家来吧。

结尾两句，与开篇两句相呼应，点明从花开到花落，女主人公年年盼望，却始终没有见到丈夫的踪影，留给她的只有那一片暮春惨景：我一直等待，等待，仍不见他归来。我的青春啊，一去不复返，犹如这暮春的落花，寂寂地落在了青苔之上，渐渐地枯萎了。

这首诗写思妇之情，缠绵婉转，步步深入，音韵句式和谐舒畅，错落有致，一唱三叹，极富艺术感染力。

采莲曲[①]

若耶溪傍采莲女[②]，笑隔荷花共人语。
日照新妆水底明，风飘香袂空中举。
岸上谁家游冶郎，三三五五映垂杨。
紫骝嘶入落花去[③]，见此踟蹰空断肠。

【注释】

①《乐录》草木二十四曲有《采莲曲》，起梁武帝父子，后人多拟之。

② 若耶溪：在今浙江绍兴境内，或即西施浣纱处。

③ 紫骝（liú）：古骏马名。《南史·羊侃传》："帝因赐侃河南国紫骝，令试之。侃执矟上马，左右击刺，特尽其妙。"又赤身黑鬣曰马骝。

【赏析】

这首诗通过描写精心装扮的采莲少女在阳光明媚的夏日里快乐嬉戏的旖旎美景，以及岸上的游冶少年们对采莲少女的爱慕，来表达少年男女之间微妙萌动的爱情。当然，也饱含着诗人对时光飞逝、岁月不饶人的感叹，寄托着诗人因怀才不遇、壮志难酬而生发出的愁思。

开头四句，诗人勾勒出一幅清新明丽的采莲图，节奏轻快，活泼自然，使人如闻其声，如见其人，如临其境，感受到一股勃勃生机，领略到采莲人体态的娇美和内心的欢乐：夏日的若耶溪旁，美丽的采莲女三三两两地在采莲子，隔着荷花共人笑语，人面荷花相映红。明媚的阳光照耀着采莲女靓丽的新妆，水底在阳光照耀下也显现一片明澈。风吹起，衣袂在空中飘举，荷花的馨香和姑娘们的体香融为一体，飘荡在空中。

中间两句，诗人宕开一笔，把目光从水中的采莲女身上移到岸上。诗人以岸上“游冶郎”的表现来衬托采莲女的娇美，这是诗人使用乐府写罗敷的手法，从而更加委婉传神：不知哪些人家的游冶少年在岸上徘徊，三三五五流连的身影映照在柳荫里。

结尾两句，诗人面对美景美人，突然感叹时光飞逝、岁月不饶人。一向大气豪迈、洒脱自信、率真不羁的诗人也有避不了的怀才不遇、壮志难伸的人生悲哀：我骑着的紫骝马儿嘶鸣着，花儿衰落，使我不知是该留下还是该离开，平添凄怆之情、断肠之痛。

全诗语言如清水芙蓉，天然雅清，毫不做作，一气呵成，展示出诗人的姿态高雅、清新脱俗。

长干行二首（选一）[1]

其　一

妾发初覆额，折花门前剧[2]。
郎骑竹马来，绕床弄青梅。
同居长干里，两小无嫌猜[3]。
十四为君妇，羞颜未尝开[4]。
低头向暗壁，千唤不一回。
十五始展眉，愿同尘与灰[5]。
常存抱柱信[6]，岂上望夫台[7]。
十六君远行，瞿塘滟滪堆[8]。
五月不可触，猿声天上哀[9]。
门前迟行迹，一一生绿苔[10]。
苔深不能扫，落叶秋风早。
八月蝴蝶黄，双飞西园草。
感此伤妾心，坐愁红颜老。
早晚下三巴[11]，预将书报家。
相迎不道远，直至长风沙[12]。

【注释】

① 《乐府遗声》都邑三十四曲中有《长干行》。长干：古里巷名，故址在今江苏南京。

② 剧：游戏，嬉戏。

③ 竹马：儿童游戏时以竹竿当马骑。床：此指坐具。后世以“青梅竹马”和“两小无猜”喻天真、纯洁之感情长远深厚。“青梅竹马、两小无猜”亦可连用，意思不变。

④ 言婚后害羞的神情始终未去。

⑤ 言以上情形有所改变。尘与灰：喻和合不分。

⑥ 抱柱信：典出《庄子·盗跖》：“尾生与女子期于梁（桥）下，女子不来，水至不去，抱梁柱而死。”后世以此喻坚守信约。

⑦ 望夫台：古时夫妻离别，思妇望夫心切，因登台眺望，或化为石、台。此类传说和遗迹，各地所在多有。

⑧ 滟滪（yàn yù）堆：瞿塘峡口一巨大礁石。阴历五月，江水上涨，滟滪堆没入水中，过往船只不易辨识，易触礁致祸。宋王谠《唐语林·补遗四》：“大抵峡路峻急，故曰：‘朝离白帝，暮宿江陵。’四月五月尤险，故曰：‘滟滪大如马，瞿唐不可下；滟滪大如牛，瞿唐不可留；滟滪大如襆（fú），瞿唐不可触。’”

⑨《荆州记》：渔者歌曰：“巴东三峡巫峡长，猿鸣三声泪沾裳。”

⑩ 言久盼丈夫不归，门前小径长满青苔。迟：等待，一作“旧”。

⑪ 早晚：何时。三巴：指巴郡、巴东、巴西，今重庆一带。

⑫ 长风沙：地名，在今安徽安庆长江边。宋陆游《入蜀记》：“盖自金陵至长风沙七百里。而室家来迎其夫，甚言其远也。”

【赏析】

这首诗诗人以少妇的口吻叙述了她与丈夫两小无猜及后来的爱情生活和初为人妻的羞涩心情，为丈夫远行安全的担忧和相思的心理活动，巧妙地把女主人公的生活场景有机地串联成一个完整的艺术整体，塑造了一个鲜活美丽的少妇形象。

开头“妾发”以下六句，诗人描写女主人公怀着无限深情回忆起她与丈夫共同长大，彼此青梅竹马、两小无猜的场景：还在我头发刚刚盖过额头的童年，我们就在门前折花做游戏。你跨着竹竿当马骑过来，我们一起绕着井床互相追逐，投掷青梅。我们同在长干巷里居住，两人间从小就没有猜疑和顾忌。

从“十四”以下四句，诗人用极为细腻的笔触描写初婚时，女主人公羞涩不堪的情景。这一细节描写，既出乎意料，又合乎情理，形象地再现了女主人公新婚之夜的娇羞萌态：十四岁时嫁给你做妻子，害羞得很，没有大方地露过笑脸。我低头对着墙壁的暗处，任你一再呼唤我也不回头。

从“十五”以下四句，抒发了小两口婚后生活所发展起来的炽热爱恋，在这里，“尘”“灰”比喻女主人公对丈夫的坚贞爱情和同甘苦共患难的决心。诗人借用两个典故——“尾生抱柱”和“望夫石”，言简意赅地表达出沉浸在爱情的甜蜜中的小夫妻对婚姻生活忠贞不贰的幸福心态：我十五岁才变得开朗不害羞，对你的爱也越来越深，即使化为尘土，也愿意永远和你融合在一起。常常相信着你至死不渝的爱情，哪里想到有离别的悲痛。

从“十六”以下四句，当读者还沉浸在小两口的幸福生活之中时，诗人笔调陡转，告诉读者，幸福的日子总是太短暂：我十六岁时你离家远行，要经过瞿塘峡口的险滩——滟滪堆。五月水涨时，滟滪堆没入江水中，船只很容易触礁，我常常为你的安全担心。三峡两岸的猿声哀切，响彻云霄。

从“门前”以下八句，诗人再掀少妇思夫的波澜，凸显女主人公温柔细腻、缠绵婉转的感情：家门前，我们留下足迹的地方，渐渐地长满了青苔。青苔太厚，不好清扫。只见树叶飘落，秋天早早地来到了。八月了，蝴蝶在西园的草地上双双飞舞。看到这种情景我更加伤感，只有在孤寂中等待红颜慢慢老去。

结尾四句，少妇深情寄语远方的亲人，表达了对丈夫离别后的深刻思念，凸显了她对幸福生活的热烈追求与向往：无论什么时候你能离开蜀地回家，请预先把家书捎给我。不管道路有多远，哪怕一直走到七百里以外的长风沙，我也会义无反顾地去迎接你。

这首诗步步深入，细腻精练，通过一连串具有典型生活意义的片段和女子心理活动的描写，展现了她的娇羞情态，表现了她对于爱情的矜持和性格中淳厚的特质。

古朗月行[①]

小时不识月，呼作白玉盘。
又疑瑶台镜[②]，飞在青云端。
仙人垂两足，桂树何团团[③]。
白兔捣药成[④]，问言与谁餐？
蟾蜍蚀圆影[⑤]，大明夜已残[⑥]。
羿昔落九乌，天人清且安[⑦]。
阴精此沦惑[⑧]，去去不足观。
忧来其如何？凄怆摧心肝。

【注释】

① 《乐府遗声》时景二十五曲中有《朗月行》。鲍照有《朗月行》，疑始于照。

② 瑶台：传说中神仙所居处。语出《穆天子传》卷三：“天子宾于西王母，天子觞西王母于瑶池之上。”

③ 《初学记》引虞喜《安天论》：“俗传月中仙人桂树，今视其初生，见仙人之足，渐已成形，桂树后生。”

④ 晋傅玄《拟天问》：“月中何有白兔捣药。”

⑤ 《淮南子·精神训》：“月中有蟾蜍。”注：蟾蜍，蛤蟆也。又《说林训》：“月照天下，蚀于詹诸。”詹诸即蟾蜍。传说月食乃蟾蜍食月所造成。圆影：即月亮。

⑥ 大明：此指月亮。

⑦ 尧时十日并出，草木焦枯，尧令羿仰射十日中其九日，日中九乌

皆死。（《淮南子》）

⑧ 阴精：指月亮。张衡《灵宪》："月者阴精之宗。"

【赏析】

这首诗约作于天宝末年安史之乱前，应该是诗人针对当世朝政黑暗而发的。诗人运用浪漫主义的创作方法，通过丰富的想象，神话传说的巧妙引入，以及强烈的抒情，构成瑰丽神奇而意蕴深远的艺术形象，也展现出诗人起伏不平的感情。

开头四句，诗人先写孩童时对月亮稚气的认识，以"白玉盘""瑶台镜"生动形象地表现出圆月的皎洁可爱：小时候不认识月亮，所以称它为白玉盘。又怀疑它是传说中神仙居住处瑶台中的一面仙镜，飞在了夜空的青云之上。

中间八句，诗人运用神话传说中的仙人、桂树、白兔、蟾蜍、后羿，先描绘了月亮初生时的皎洁明朗和宛若仙境般的景致，然后，笔调一转，表明仙境般的天上一样存在着昏暗的局面，诗人在这里引出后羿，是幻想当世能有这样的英雄来拯救天下：月中的仙人垂着双脚，桂树怎么都是圆圆的？白兔捣成的仙药，请问是给谁服用的呢？蟾蜍把圆月啃食得残缺不全，皎洁的月儿因此晦暗不明。幸亏后羿射下了九个太阳，天上人间才免却了灾难而清明安宁。

结尾四句，诗人的思绪从美好的幻想中回到了险恶的现实，表达了无能为力的失望感。然而，逃避现实，不仅没有消解诗人心中的忧愤，反而更加深了这种情绪：月亮已经沦没而迷蒙不清，没有什么可看的了，不如远远走开吧。心怀着深重的忧虑，何忍一走了之呢？凄惨悲伤的情绪让我肝肠寸断。

全诗行云流水，富有魅力；雄奇奔放，发人深思，体现出诗人诗歌的雄奇奔放、清新俊逸的风格。

塞下曲六首（选二）[①]

其　一

五月天山雪[②]，无花只有寒。
笛中闻折柳[③]，春色未曾看。
晓战随金鼓[④]，宵眠抱玉鞍。
愿将腰下剑，直为斩楼兰[⑤]。

【注释】

① 《乐府遗声》征戎十五曲中有《塞下曲》。《晋书·乐志》言出塞入塞曲李延年造，塞上塞下曲盖出于此。

② 言天山五月尚降雪。参见《关山月》注②。

③ 折柳：古曲名。

④ 金鼓：金属乐器，即钲（zhēng）。古代行军鸣金击鼓，以整齐步伐，节制进退。

⑤ 楼兰王为匈奴反间，数遮杀汉使。大将军霍光遣傅介子往刺之。王与介子饮，醉，壮士二人从后刺杀之，左右皆散走。介子告谕以王负汉罪。“天子遣我诛王……汉兵方至，毋敢动，自令灭国矣”。遂斩王。（《汉书》）楼兰：汉代西域城国，遗址在今新疆鄯善一带。《汉书·西域传上》：“鄯善国，本名楼兰，王治扜（yū）泥城，去阳关千六百里，去长安六千一百里。”

【赏析】

诗人所作组诗《塞下曲》共六首，当作于天宝二年（743），诗人主要叙述了汉武帝平定匈奴侵扰的史实，以乐观高亢的基调和雄浑壮美的意境反映了盛唐的精神。此前一年李白初入长安，此时供奉翰林，胸中正怀有建功立业的政治抱负。此为第一首。本应是五言律诗，诗人天才豪纵，不拘律格，因意而韵。

首联两句，极写边地苦寒。诗人从视觉下笔，表达五月的内地正值百花争艳，天山却是大雪覆盖，孤寒遍山，连雪花都不见飘舞的景象。仲夏五月的天山尚且苦寒不堪，更不用说其他三季（尤其冬季）寒之如何了，此处暗含对比衬托之意：五月的天山积雪皑皑，连雪花都不见飘舞，只有凛冽的寒气。

颔联两句，紧承首联写景。诗人从听觉下笔，描写苦寒之地戍边战士的思乡之苦。这句看似写边地闻笛，实则极写边地极寒，无柳可折，无春色可观，只有一曲笛音将春光与离人带到戍边战士的心中：只有在笛曲《折杨柳》中才能想象到故乡的春光，而这里就未曾见到过春天。

颈联两句，诗人承前两联描写边地之寒的笔意，渲染军旅生活的紧张气氛，使诗歌进入苍凉悲壮的意境：戍边战士白天在金鼓声中与敌人做殊死的搏斗，晚上却只能抱着马鞍打盹儿。

尾联两句，诗人急作转合，写戍边战士不畏边地的苦寒，誓杀敌虏，为国立功。这里借用了西汉傅介子计斩楼兰王，为国立功的故事，表现了戍边战士赴身疆场，为国杀敌的爱国情怀。“愿”“直”两字，摹写战士们勇敢杀敌，立志为国的形象。振起全篇，画龙点睛：我愿用腰间悬挂的宝剑，投身战场，杀敌卫国。

全诗将苍凉悲壮之景与雄奇高昂之志融为一体，意气慷慨，意境旷远，是五律别调佳作。

其　三

骏马似风飙，鸣鞭出渭桥①。
弯弓辞汉月，插羽破天骄②。
阵解星芒尽，营空海雾消③。
功成画麟阁④，独有霍嫖姚⑤。

【注释】

① 此句言出征也。鸣鞭：挥响马鞭。渭桥：一名横桥，架渭水上，在雍州（陕西）咸阳东南二十二里。（《括地志》）

② 插羽：腰间插着箭。箭杆上端有羽毛，叫箭翎，又叫箭羽。天骄：指匈奴。匈奴曾自称“天之骄子”。

③ 此二句言战事已息。星芒：即星光。隋杨素《出塞》：“兵寝星芒落，战解月轮空。”

④ 画麟阁：画像于麒麟阁。麒麟阁，汉阁名。《汉书·李广苏建传》：“甘露三年（前51），单于始入朝。上（宣帝）思股肱之美，乃图画其人于麒麟阁，法其形貌，署其官爵姓名。”

⑤ 霍嫖姚：即霍去病。

【赏析】

诗人所作组诗《塞下曲》共六首，此为第三首。

首联两句，诗人描写将士出征的壮观场面，渲染出临战前的紧张气氛和将士旺盛的士气：骏马有如风驰电掣般狂飙，在脆亮的马鞭声中飞奔出京。

颔联两句，诗人叙写从军队出发到克敌制胜。诗人省掉了鏖战厮杀场面的描写，语言简洁，笔法洗练传神，描绘出了将士们神速进兵，大胜劲敌的痛快淋漓：全副武装的将士离开京城到达边疆，不暇休整就弯弓搭箭，鏖战疆场，大败前来侵扰的匈奴。

颈联两句，诗人描写“破天骄”后的战场情形。“阵解”与“营空”对仗，摹写敌人瓦解败逃，边塞的战争气氛已经消失：敌人土崩瓦解，边境的危机被解除；敌军望风而逃，敌军营寨空无人迹，战争结束。

尾联两句，诗人似乎有讽刺之意，其实，将士们也知道，论功行赏不能惠及所有人，但他们仍因能报效国家、民族而感到自豪和满足，这才是诗人的真意所在：得胜凯旋，论功行赏时，成就大功而画像麒麟阁的，实际上只有霍去病一人。

全诗笔力雄健，结构新颖，谋篇布局，匠心独运。

玉阶怨[1]

玉阶生白露，
夜久侵罗袜。
却下水晶帘[2]，
玲珑望秋月[3]。

【注释】

① 《玉阶怨》：为相和歌楚调十曲之一。太白此诗无一字言怨，而幽怨之意见于言外。

② 水晶帘：以水晶为之，如今之琉璃帘也。

③ 玲珑：空明貌。

【赏析】

这首诗诗人描写了一位妇女寂寞和惆怅的心情。全诗无一语正面写怨情，然而又似乎让人感到漫天愁思飘然而至，不著怨意而怨意极深，有幽邃深远之美。

前两句，诗人描写女主人公深夜无言久久独立玉阶，露水沾湿了罗袜，实则反映出失宠的她思君至极的心态：汉白玉的台阶上沾满了秋夜的露珠，无奈露水打湿了她那双漂亮的丝袜，冷飕飕的，这才使她猛然省悟，今夜君王是不会来的了。

后两句，诗人以月亮的玲珑，衬托人的幽怨，表现女主人公企盼宠爱而不得的惆怅：她进入屋里，还把水晶帘放下，原本只想遮住那既多情又恼人的月光，可又忍不住向那明亮的弯月投去深情的一瞥。

全诗字少情多，直入幽微；含思婉转，余韵如缕，仿佛漫天诗思飘然而至。

清平调词三首[1]

其一

云想衣裳花想容，
春风拂槛露华浓。
若非群玉山头见，
会向瑶台月下逢[2]。

【注释】

① 《清平调》：乐曲调名。据任半塘《唐声诗》下编，谓创始于玄宗天宝间，乐律在古清调与平调之间，别名“清平词”。宋人传奇《杨太真外传》载：开元中，禁中重木芍药，即今牡丹也。得数本，红紫浅红通白者，上因移植于兴庆池东沉香亭前。会花方繁开，上乘照夜车，妃以步辇从。诏选梨园弟子中尤者，得一十六色。李龟年以歌擅一时之名，手捧檀板，押众乐前，将欲歌之。上曰：“赏名花，对妃子，焉用旧乐词为？”遽命龟年持金花笺，宣赐翰林学士李白立进《清平乐词》三章。白承诏，宿醉未解，因援笔赋之……龟年捧词进，上命梨园弟子略约词调，抚丝竹，遂促龟年以歌之。妃持玻璃七宝杯，酌西凉州葡萄酒，笑领歌词，意甚厚。上因调玉笛以倚曲。每曲遍将换，则迟其声以媚之。妃饮罢，敛绣巾再拜。上自是顾李翰林尤异于他学士。

② 《山海经》：“玉山是西王母所居也。”《穆天子传》谓之群玉

之山。《楚辞》："望瑶台之偃蹇兮，见有娀之佚女。"王逸注：有娀，国名；佚，美也；谓帝喾之妃契母简狄也。此处盖以西王母帝喾妃比太真。

【赏析】

据史料记载，诗人在长安供奉翰林期间，一日，唐玄宗和杨贵妃在兴庆宫沉香亭前赏牡丹，命诗人来写新乐章，诗人奉命写了这三首诗。此为第一首，诗人以牡丹花之艳喻杨贵妃之美。

前两句，诗人以云、花写人。"想"字可以理解为见云、花而想到衣裳和容貌，也可以理解为把衣裳、容貌想象为云、花：看到云彩就想到她的衣裳，见到牡丹花就想到她的容貌，习习春风吹拂着栏杆，露水滋润下的牡丹花更为浓艳。

后两句，诗人一笔宕开，开始拓展想象的空间。"玉山""瑶台"均是西王母的宫殿所在，以此借代仙界，极写贵妃容颜娇艳脱俗，不着痕迹，把杨妃比作仙女下凡：如此超绝人寰的花容美貌，若非在神仙居住的群玉山见到，也只能在瑶池的月光下才能遇到了。

全诗生动别致，精妙奇巧；诗风清丽，令人向往深远。

其　二

一枝红艳露凝香，
云雨巫山枉断肠[1]。
借问汉宫谁得似，
可怜飞燕倚新妆[2]。

【注释】

① 宋玉《高唐赋》："昔者先王尝游高唐，怠而昼寝，梦见一妇人曰：'妾，巫山之女也，为高唐之客。闻君游高唐，愿荐枕席。'王因幸之。去而辞曰：'妾在巫山之阳，高丘之阻，旦为

朝云，暮为行雨。朝朝暮暮，阳台之下。’”

② 飞燕：赵氏，汉成帝宫人，以体轻号曰飞燕，后立为后。

【赏析】

这首诗为组诗的第二首，诗人描写杨贵妃受到唐玄宗的宠幸。诗人压低神女和飞燕，来抬高杨贵妃，借古喻今。

前两句，诗人先描写贵妃如牡丹香艳，不仅让人见贵妃之美貌容颜，更让人感贵妃沁人心脾的香气。然后，化用楚王的故事，暗合玄宗、贵妃二人此刻“情人眼里出西施”的玄妙心理：贵妃像一枝红艳的沾满雨露、散发幽香的牡丹花啊！楚王与神女的欢会只是枉自断肠的传说，哪里比得上君王坐拥贵妃的红艳凝香。

后两句，诗人用“汉宫第一”美女赵飞燕来衬托杨贵妃的美艳，借用“倚新妆”精妙地突出了杨贵妃的红颜香艳，甚是佳妙：汉宫之中，谁又能像贵妃你这样艳冠群芳，恩宠加身呢？就算可爱无比的赵飞燕，还得身着华服，面带盛妆吧。

全诗用字着色艳丽，诗意精妙华丽，富有表现力。

其　三

名花倾国两相欢[①]，
长得君王带笑看。
解释春风无限恨[②]，
沉香亭北倚阑干[③]。

【注释】

① 名花：即牡丹。倾国：指妃子。

② 解释：消除、消散。

③ 沉香亭：唐宫苑之亭名。以沉香木为之，在兴庆宫龙池东北。阑干：栏杆。

【赏析】

这首诗为组诗的第三首，诗人将牡丹、贵妃、君王融为一体，表现了玄宗与贵妃之间的无限情深。

前两句，诗人描写君王与贵妃两情相悦。诗人开篇将上下句勾连起来，使牡丹、贵妃、玄宗融合在一个画面里，把牡丹和贵妃交相辉映，君王笑赏观花美人的姿态，栩栩如生地表现在读者面前：娇艳的牡丹与倾国的贵妃都如此美丽动人，经常让君王面带笑容地观赏。

后两句，“春风”一词，多用来比喻君王的恩泽。此处应该是一语双关，既指代君王，又指春风。既然君王“带笑看”，烦恼当然就消释了，陪着美人赏花看景也就顺其自然了，剩下的无穷意蕴，则留待读者独自慢品了：纵使心中有无限的烦恼，只要和贵妃一起倚靠沉香亭的栏杆，赏看亭外花事风流，烦恼就会消散得无影无踪了。

全诗语言绮丽，诗风自然，全无浮躁痕迹，将诗人飘逸出尘的风格体现得淋漓尽致。

短歌行①

白日何短短，百年苦易满。
苍穹浩茫茫，万劫太极长②。
麻姑垂两鬓③，一半已成霜。
天公见玉女，大笑亿千场④。
吾欲揽六龙，回车挂扶桑⑤。
北斗酌美酒，劝龙各一觞。
富贵非所愿，为人驻颓光⑥。

【注释】

① 《短歌行》：乃乐府相和歌平调七曲之一，言当及时行乐也。

② 劫：梵语“劫波”的省称，意为“远大时节”。后来佛经指天地的形成到毁灭为一劫。《法苑珠林》卷三：“……纪时之名，犹年号耳。”太极：天地始形之时。

③ 麻姑：古之女仙。世以麻姑祝女寿，言其长生不老也。

④ 见《梁甫吟》注⑧。

⑤ 六龙：见《蜀道难》注⑦。扶桑：神木名，古谓为日出处。刘向《九叹》：“维六龙于扶桑。”言不令日西夕也。

⑥ 颓光：夕阳之光，犹言老去之年华。

【赏析】

《短歌行》是乐府相和歌平调七曲之一，多叹人生短暂，言当及时行乐。诗人的这首诗却乐观浪漫、昂扬奋发。

开头两句，诗人开门见山慨叹光阴似箭，人生苦短。“短短”两字叠用，更突出时光流逝的迅疾。由此联想到生命短暂，百年光阴转瞬即逝，用“白日”来指代时间，显得抽象的概念具体可感：白天那么短暂，百年光阴一刹那就消失了。

接下来四句，诗人承接上面对光阴似箭的喟叹，开始浪漫地夸张。诗人展开想象的翅膀，极言苍穹的浩瀚无垠，时光的永恒漫长，感叹就连长生不老的仙女在时间面前也年华难驻：苍穹浩渺无际，太极经历了万劫的长久时光。在这漫长的岁月里，曾经三次见过沧海变桑田的仙女麻姑，如今也已两鬓斑白了。

以下两句，仙女麻姑蝉鬓染霜，天公玉女也不甘寂寞。诗人将《神异经》巧妙地融入诗篇。天大笑，就是下界所看到的电光闪耀。“亿千场”就是说这种电光闪耀到现在已经千亿次了，从而再次凸显时间的飞速流逝。至此，诗人将苍穹的浩渺、时间的无限，通过大胆而奇特的想象，表达得淋漓尽致：东王公和玉女玩投壶的游戏，若未投中，天就大笑，到现在已笑了千亿次了。

再以下四句，诗人笔锋一转，拓开另一番意境，用奇特的想象来实现时光停歇下来，让人生得以长久的愿望：我想揽住为太阳驾车的六龙，转车东回，将车挂于东方日出处的扶桑树上。用北斗星做勺酌美酒，请六条龙都饮一杯，让它们畅饮美酒而沉睡不醒，不能再驾日出发。

结尾两句，道出了诗人的真实意愿，表达了自己对人生的珍惜，对建功立业的渴望：荣华富贵不是我的愿望，我追求的是为人们留住光阴，永驻青春。

全诗弥漫着浓郁的浪漫主义色彩，塑造了瑰奇壮观、多姿多彩的艺术形象。

少年行二首（选一）[①]

其　二

五陵年少金市东[②]，
银鞍白马度春风。
落花踏尽游何处，
笑入胡姬酒肆中。

【注释】

① 《少年行》：《乐府诗集》入杂曲歌辞中。原集有二首，一五古，一七绝。

② 五陵：即高祖长陵、惠帝安陵、景帝阳陵、武帝茂陵、昭帝平陵。五陵均设邑建县，故所在地名“五陵原”。位于今陕西咸阳北部，这些皇陵气势磅礴，高大雄伟，被誉为中国的“金字塔”群。金市：《艺文类聚》：“洛阳旧有三市。”一曰金市，在宫西大城内。

【赏析】

《少年行二首》是诗人沿用乐府旧题而创作的组诗作品。这首诗为其二，塑造出一个对大自然的慷慨赐予心花怒放，对人世间的赏心乐事饱含激情的豪侠少年形象。诗中看不出诗人明显的是非褒贬倾向，也没有显示出什么微言大义。但从刻画的少年身上，似乎可以让人感受到盛唐的国威给这个时代的幸运儿带来的狂欢与激情，似乎也可以感受到诗人在其中倾注的人生理想。

前两句，诗人三言两语就刻画出一个家世富贵、生活豪华、任气逞能的豪侠少年形象：在长安金市之东，五陵的侠少骑着白马，跨着银鞍，得意扬扬，春风满面。

后两句，诗人笔触尽情描绘五陵豪侠少年的豪放倜傥、爽朗率真，充分展示其无限的青春活力：在游春赏花之后再到哪里去游乐呢？五陵的侠少常常笑容满面地到胡姬的酒坊中饮酒寻乐。

全诗语言豪迈，刚柔并济，浑然天成，是同类题材的代表作品。

静夜思

床前明月光，
疑是地上霜。
举头望明月，
低头思故乡。

【赏析】

这首诗是诗人所作的一首五言绝句。在我国古代诗歌中，这首诗大概是最脍炙人口的了。诗人运用比喻、衬托等手法，表达客居思乡之情。诗人从“看”“疑”到“望”“思”，用一连串的心理动作描写，刻画出一个客居思乡者的形象，堪称经典。

前两句，诗人既摹写出月光的皎洁明亮，又表达出秋夜的寒意及自己漂泊异乡的凄凉，一个久居他乡的寂寞孤愁的形象跃然纸上：明月的清辉洒满我的床前，我还以为是半夜地上所凝结的白霜。

后两句，床前如霜的月光引发了诗人深深的思乡之情。诗人呈现的虽是无声的画面，传达给读者的却是诗人内心的千言万语。一个思乡者的形象就此镌刻在读者心中，成为永恒的存在：月光温柔静谧，我抬头展望那高高的明月，神思遐想，低头回首，不由思念起了那久别的故乡。

全诗着墨不多，却情深意厚；写得清新朴素，明白如话，却格调高雅不平庸，给人以无限的遐思。

猛虎行[1]

朝作猛虎行，暮作猛虎吟。
肠断非关陇头水[2]，泪下不为雍门琴[3]。
旌旗缤纷两河道[4]，战鼓惊山欲倾倒。
秦人半作燕地囚，胡马翻衔洛阳草[5]。
一输一失关下兵，朝降夕叛幽蓟城[6]。
巨鳌未斩海水动，鱼龙奔走安得宁[7]？
颇似楚汉时，翻覆无定止。
朝过博浪沙[8]，暮入淮阴市[9]。
张良未遇韩信贫，刘项存亡在两臣。
暂到下邳受兵略，来投漂母作主人。
贤哲栖栖古如此[10]，今时亦弃青云士。
有策不敢犯龙鳞[11]，窜身南国避胡尘[12]。
宝书玉剑挂高阁，金鞍骏马散故人。
昨日方为宣城客[13]，掣铃交通二千石[14]。
有时六博快壮心[15]，绕床三匝呼一掷[16]。
楚人每道张旭奇[17]，心藏风云世莫知。
三吴邦伯皆顾盼[18]，四海雄侠两追随。
萧曹曾作沛中吏[19]，攀龙附凤当有时。
溧阳酒楼三月春[20]，杨花茫茫愁杀人。
胡雏绿眼吹玉笛，吴歌白纻飞梁尘[21]。
丈夫相见且为乐，槌牛挝鼓会众宾[22]。
我从此去钓东海[23]，得鱼笑寄情相亲。

【注释】

① 乐府相和歌平调七曲，其一为《猛虎行》。古辞云："饥不从猛虎食，暮不从野雀栖。"盖取首句二字以命题也。王琦说：是诗当是天宝十五载之春太白与张旭遇于溧阳，而白又将遨游东越，与旭宴别而作也。或云此诗非李白所作也，恐非。

② 《太平御览》卷五十六引《三秦记》曰："陇西关，其坂九回，不知高几里。欲上者，七日乃越。高处可容百余家，下处数十万户。上有清水四注。俗歌曰：'陇头流水，鸣声幽咽，遥望秦川，心肝断绝。'"

③ 《说苑》："雍门子周以琴见乎孟尝君……于是孟尝君泫然，泣涕承睫而未殒。"

④ 缤纷：杂乱之貌。两河道：谓河南河北两道也。天宝十四载（755）十一月，安禄山叛逆，河北河南州郡相继陷没，故有此句。

⑤ 十二月，安禄山陷东京（洛阳），高仙芝遣五万人发长安击之，不战而走，退守潼关。仙芝所率多关中子弟，既败走，半为贼所擒虏，故有"秦人半作燕地囚"句。东京既陷，则胡骑充斥，遍于郊圻，故有"胡马翻衔洛阳草"句。

⑥ 仙芝既退，边令诚入奏事，言仙芝弃地数百里。上大怒，遣令诚赍敕即军中斩之。太白之意，殆以仙芝不战而走，损伤士卒，为一输，明皇不责以桑榆之效，而按以失律之诛，为一失。常山太守颜杲卿起兵讨贼，河北十七郡皆归朝廷。及杲卿被陷，河北诸郡复为贼据，故有"朝降夕叛幽蓟城"之句。

⑦ 喻禄山方炽，未能授首，天下将帅疲于奔命也。

⑧ 张良，韩公族姬姓也。秦始皇灭韩，良散家赀千万为韩报仇，击始皇于博浪沙中，误椎副车。秦索贼急，良乃变姓为张，匿于下邳，遇神仙黄石公，遗之兵法，及沛公之起也，良往属焉。（《潜夫论》）

⑨ 韩信：淮阴人也。钓于城下，诸漂母有一见信饥，饭信。（《史记》）

⑩ 栖栖：急迫之貌。

⑪《韩非子》："夫龙之为虫也，柔可狎而骑也；然其喉下有逆鳞径尺，若人有婴之者，则必杀人。人主亦有逆鳞，说者能无婴人主之逆鳞，则几矣。"

⑫ 南国：指溧阳。

⑬ 宣城：唐郡名，今安徽宣城。

⑭ 掣：曳也。唐时官署多悬铃于外，出入则引铃以代传呼。二千石：刺史也。

⑮ 六博：古时游戏之事。博：箸也，行六棋，故云六博。

⑯《晋书》："刘毅于东府聚樗蒲大掷，一判应至数百万。余人并黑犊以还，惟刘毅次掷，得'雉'，大喜，褰衣绕床，叫谓同坐曰：'非不能"卢"，不事此耳。'"

⑰ 张旭：苏州人，官至长史。初为常熟尉时，有老人持牒求判，信宿又来。旭怒而责之。老人曰："爱公墨妙，欲家藏，无他也。"老人因复出其父书。旭视之，天下奇笔也。自是尽其法。旭喜酒，叫呼狂走方落笔。一日酣，以发濡墨作大字，既醒视之，自以为神不可复得……其草字虽奇怪百出，而求其源流，无一点画不该规矩者。（《宣和书谱》）

⑱ 三吴：吴兴、吴郡、会稽也。邦伯：州牧也。

⑲ 萧曹：萧何、曹参也。《史记》："曹参者，沛人也，秦时为沛掾，而萧何为主吏。"

⑳ 溧阳：今江苏溧阳。

㉑《白纻》：古乐府也，盛称舞者之美，言宜及时行乐。飞梁尘：《七略》："汉兴，鲁人虞公善雅歌，发声尽动梁上尘。"

㉒ 槌（chuí）、挝（zhuā）：皆击也。

㉓《庄子》："任公投竿东海，旦旦而钓。"

【赏析】

这首诗诗人以乐府古题写自己安史之乱后的遭遇。至德元年(756)春天，李白因避安史之乱，离开宣城南赴剡中途中，遇大书法家张旭于溧阳（今属江苏），作此诗以赠张。全诗可分为三个部分。

开篇以下十二句为第一部分。这一部分诗人将安禄山叛军比作吃人的猛虎和翻弄恶浪的巨鳌，表达了对安禄山叛军攻占东京洛阳，劫掠中原的暴行的愤慨，以及对大唐山河破碎，社稷危亡，生灵涂炭的忧心如焚：早上吟诵《猛虎行》，晚上也吟诵《猛虎行》。我潸然泪下、肝肠断绝，并非因为听了《陇头歌》的别离之辞，也不是听了雍门子周那让孟尝君泫然泣涕的琴声。河南河北两道战旗缤纷如云，战鼓声震得地动山摇。秦地的百姓一多半为燕地的胡人所虏，东京既陷，洛阳遍地都是胡人吃草的战马。决策失误，抗敌的官兵败退潼关，玄宗听信谗言诛杀将帅，实在是失策之举，河北的城池刚刚收复又复为贼所夺。翻江倒海的巨鳌安禄山未除，天下纷扰，朝野上下君臣百姓疲于奔命，不得安宁。

中间十八句为第二部分。这一部分诗人借张良、韩信未遇时的窘境以及得志后左右刘、项存亡的故事，抒发诗人身遭乱世，虽胸怀匡世济民之术却不为君王重用而“窜身南国”、流落宣城的悲叹：好像楚汉相争时一样，双方争斗翻来覆去难分高下。刚过博浪沙，又到淮阴市，张良和韩信两位楚汉的风云人物不由得浮现在脑海中。当时，虽张良未遇，韩信穷困潦倒，但后来决定刘、项生死存亡的却正是他们两个人。那时，张良刚在下邳接受了黄石公的兵书，韩信则靠漂母的接济解困。自古以来贤哲之士都栖栖惶惶，忙碌不安，现在则是将才能出众的人弃之不用。我纵有治国灭胡良策，也因怕触怒皇帝而不敢呈献，只好逃到溧阳躲避战乱。心灰意冷的我将治国的良策和杀贼的玉剑束之高阁，将驰骋战场的金鞍宝马送给了朋友。昨日还在宣城作客，与宣州刺史交游。有志不遇的我唯有寄兴赌博游戏，绕床三周，吆五喝六，博髀大呼，以快壮心，一吐愤懑。

最后十四句为第三部分。这一部分诗人高度赞扬张旭的才品，与知己宴饮话别的同时表达了自己壮志未已，伺机建功立业的思想：世人都说张旭是奇士，高才卓识而世人无不知晓。他家乡三吴的长官们都对他特别敬重，四海的英雄豪杰都纷纷追随他。汉朝功臣萧何和曹参虽然曾做过沛县的小吏，但他们后来都追随帝王建功立业。有幸相会于阳春三月的溧阳酒楼，然而，杨花茫茫飘飞却使人感到苦闷惆怅。酒筵上有绿眼的胡儿吹奏玉笛，有吴地歌曲《白纻》余音绕梁。男子汉相见应为快乐而来，宰牛摆席，擂钟鼓大宴众宾。我从此要像神人任公子那样去东海垂钓，钓得大鱼即寄予诸位好友，以共享知交之情。

全诗首尾一贯，脉络分明，浩气神行，浑然无迹。诗中诗人关心国家命运，同情人民疾苦，抒发怀才不遇的愤懑，表示了对朋友的关切。写作句式上诗人不受古乐府的传统束缚，形成了别具一格的歌行体，结构上也颇具匠心，堪称精品。

春　思

燕草如碧丝，秦桑低绿枝。
当君怀归日，是妾断肠时。
春风不相识，何事入罗帏？

【赏析】

诗人有很多描写思妇情怀的诗篇，《春思》即是其中之一。题中“春”字语义双关：既指春天，又可比喻男女之间的情思。这首诗描写了思妇对丈夫的思念，表现了她忠于所爱，忠贞不贰的高尚情操。

开头两句，诗人以相隔遥远的燕、秦两地的春天景物起兴，颇为别致，寥寥十个字，就活话出独处秦地的思妇触景生情，终日思念远在燕地的征夫的情思：燕地的草刚刚发芽，嫩绿如青丝时，秦地的桑叶已经很茂盛，绿枝条早已低垂了。

中间两句，由开头两句生发而来，诗人更进一层表达思妇的思夫之情，坦率直白，不加掩饰：当夫君你看着春色，想到归家时，我对你的思念之情啊，早已让我肝肠寸断。

结尾两句，诗人笔调陡转，以抱怨的口吻将无限哀怨和无尽春思熔铸在一缕春风中。此时的思妇申斥春风，其实是明志自警之意：春风啊春风，我与你不曾相识，为什么你偏偏不解我的情怀，来撩动我的罗帐呢？

全诗以景寄情，委婉动人，颇可玩味。

子夜吴歌四首[①]

春　歌

秦地罗敷女[②]，采桑绿水边。
素手青条上，红妆白日鲜。
蚕饥妾欲去，五马莫留连[③]。

【注释】

① 相传晋有女子曰子夜造此歌，声至哀。后人因而造四时行乐之词，谓之《子夜四时歌》，吴声也。唐吴兢撰《乐府古题要解》："旧史云：晋有女子曰子夜所作，声至哀……后人依四时行乐之词，谓之《子夜四时歌》，吴声也。"

② 秦地：指今陕西关中地区。罗敷女：乐府诗《陌上桑》有"日出东南隅，照我秦氏楼。秦氏有好女，自名为罗敷。罗敷善蚕桑，采桑城南隅"之句。

③ 五马：《汉官仪》："四马载车，此常礼也，惟太守出，则增一马。"故称五马。此指达官贵人。

【赏析】

这是诗人的组诗作品。四首诗连起来则是一组彩绘的春夏秋冬四扇屏美人图，构思巧妙，层次分明，结构严谨。这首"春歌"吟咏了秦罗敷的故事，赞扬貌美心也美的罗敷，不为富贵动心，拒绝达官贵人挑逗引诱的高尚品质。

开头两句，诗人开门见山地推出所吟咏的主人公：秦地有位罗敷女，在澄澈碧绿的水边采摘桑叶。

中间两句，诗人进一步刻画罗敷女的形象美，素手与青条，红妆与白日，对比映衬，相得益彰，罗敷之美，跃然纸上：纤纤素手在青绿的桑树枝上尤其白皙娇嫩，盛装的罗敷女在太阳的映照下显得特别鲜艳娇美。

结尾两句，诗人表现了罗敷洁身自好、自重自爱、忠贞爱情的高尚品质：蚕儿饿了，我该回去了，大人切莫在此耽搁宝贵的时间了。

这首诗简约清新、别有诗境。读后，一个盛装娇美，又不为权贵所动的采桑女形象跃然纸上、呼之欲出。

夏　歌

镜湖三百里[①]，菡萏发荷花[②]。
五月西施采，人看隘若耶[③]。
回舟不待月，归去越王家[④]。

【注释】

① 镜湖：又名鉴湖，在今浙江绍兴。

② 菡萏（hàn dàn）：荷花的别称。古人以荷花未发为“菡萏”，即花苞。《诗经·陈风·泽陂》：“彼泽之陂，有蒲菡萏。”

③ 隘：狭窄。因围看人多，若耶溪显得狭小。若耶：溪名，在今浙江绍兴东南，北流与镜湖合，相传西施采莲之所也。

④ 未待月出东山，西施便归舟而去。

【赏析】

这首“夏歌”写西施若耶溪采莲的故事。以夏之荷花开篇，引出采莲美女西施出场，中间西施美貌引发轰动，就自然过渡到越王设美人计来对付吴国而结篇。

开头两句，诗人以写景起端，以待放荷花起兴，引出像荷花娇美动人、纯洁雅致的西施入场：三百里镜湖上，含苞待发的荷花正欲吐露芬芳。

中间两句，诗人用若耶溪挤满了观看西施的人来烘托西施的貌美，句中“隘”字极其传神，把摩肩接踵、人潮汹涌的热闹场面展现在读者眼前：西施五月曾在此采莲，来观看的人使若耶溪变得拥挤狭窄。

结尾两句，诗人总结了西施美貌所带给她的命运，全诗到此戛然而止，把越王设美人计陷吴，以及西施后来的命运结局的事实省却，留给读者自己去品味想象的空间：就在采莲后的回舟之际，不等月亮升起，便被越王选进了宫中。

全诗意境开阔，意味深长，悬想留白，引人遐思。

秋　歌

长安一片月，万户捣衣声[①]。
秋风吹不尽，总是玉关情[②]。
何日平胡虏，良人罢远征[③]？

【注释】

① 捣衣：古代服饰民俗。妇女将所织布帛铺于平滑砧板上，用木棒敲平，使其柔软熨帖，以便裁制衣服。多于秋夜进行。古诗词中，凄冷砧杵声又称“寒砧”，喻征人离妇之惆怅情绪。

② 玉关：即玉门关。参见《关山月》注④。

③ 良人：古时夫妻互称为良人，后多用于妻子称丈夫。

【赏析】

这首“秋歌”写思妇为征人织布捣衣之事。此诗既写闺情，又写边事，颇有边塞诗的风格，是闺怨诗中的别样之作。此诗表达了思妇希望平定胡虏，结束战争，丈夫免征，夫妻团圆的愿望。

开头两句，诗人以月衬景，以声诉情。月色笼罩下的长安城应该是一片祥和与平静，但万户不绝于耳的捣衣声中却蕴含着思妇之苦。这一声声捣衣声似乎就是思妇对戍边良人的不休诉说：一轮圆月挂在长安的夜空上，城里千家万户捣衣之声不绝于耳。

中间两句，诗人凭借秋风，将思妇的情思延伸到了关外。句中“总是”一词极其传神，将秋风情浓，思妇情真融为一体：秋风不停地吹，送去砧声，传递的都是怀念玉门关外远戍的丈夫的深情。

结尾两句，诗人笔锋一转，吐露思妇的心声。思妇平虏免征的呼号将诗歌思想大大升华，表达出劳动人民冀求和平团圆生活的善良愿望：什么时候才能彻底打败敌寇，让夫君免受这边役之苦啊？

这首诗写思情有不尽之意，回肠荡气，激动人心。全诗情真意切，读来让人怦然心动。

冬　歌

明朝驿使发[①]，一夜絮征袍[②]。
素手抽针冷，那堪把剪刀。
裁缝寄远道，几日到临洮[③]？

【注释】

① 古以驿马通信，故谓寄信之人曰驿使。

② 絮：以棉絮入衣也。

③ 临洮：郡名。唐属陇右道，治所在今甘肃境内。

【赏析】

这首“冬歌”写思妇为征夫缝制棉衣之事。通过叙写一位女子在驿使即将出发的前夜，连夜为戍边良人赶制冬装的事情，来表现她思念征夫的感情。

开头两句，诗人为读者呈现上一幅温馨的女子挑灯制衣图。句中并无“赶制”一词，但从“明朝”“一夜”就可以想象到女子那不顾夜深寒意重，连夜紧张劳作赶制冬衣的情景，凸显了闺中女子一往情深的形象：明天早晨驿使就要出发了，女子连夜为远征的丈夫赶制棉衣。

中间两句，诗人突出一个“冷”字，用女子拈针把剪的感觉把女子心怀良人冷暖、不顾深夜寒冷的细腻情思传达出来了：飞针走线的纤纤素手都被针的冰冷冻得不行，更不说用冰冷的剪刀来裁剪衣服了。

结尾两句，诗人又借驿使出发送冬衣，将女子的忧思投向边关征夫。冬衣赶制成功，却丝毫没有消解女子对戍边良人的思念。最后一问，一个心怀忧戚、凝神眺望边关的女子形象就鲜活地嵌入了读者的心间：妾缝制好的寄往边关的冬衣，要多少天才能到临洮啊？

全诗形象鲜明，自然质朴；感情深挚，绮丽温馨。

襄阳歌

落日欲没岘山西①，倒著接䍦花下迷②。
襄阳小儿齐拍手，拦街争唱《白铜鞮》③。
旁人借问笑何事，笑杀山公醉似泥④。
鸬鹚杓，鹦鹉杯⑤。
百年三万六千日，一日须倾三百杯⑥。
遥看汉水鸭头绿⑦，恰似葡萄初酦醅⑧。
此江若变作春酒，垒曲便筑糟丘台⑨。
千金骏马换小妾⑩，醉坐雕鞍歌《落梅》⑪。
车旁侧挂一壶酒，凤笙龙管行相催⑫。
咸阳市中叹黄犬⑬，何如月下倾金罍⑭？
君不见晋朝羊公一片石，龟头剥落生莓苔⑮。
泪亦不能为之堕，心亦不能为之哀。
清风朗月不用一钱买，玉山自倒非人推⑯。
舒州杓，力士铛⑰，李白与尔同死生。
襄王云雨今安在⑱？江水东流猿夜声。

【注释】

① 岘（xiàn）山：在今湖北襄阳南，临汉水。

② 接䍦（lí）：古代一种帽子。《世说新语·任诞》："山季伦（简）为荆州，时出酣畅，人为之歌曰：'山公时一醉，径造高阳池。日莫倒载归，茗艼无所知。复能乘骏马，倒著白接䍦。举

手问葛强，何如并州儿？’”

③ 《白铜鞮（dī）》：又称《白铜蹄》，南朝梁时歌曲名。《隋书·音乐志上》：“初武帝之在雍镇，有童谣云：‘襄阳白铜蹄，反缚扬州儿。’识者言，白铜蹄谓马也；白，金色也。及义师之兴，实以铁骑，扬州之士，皆面缚，果如谣言。故即位之后，更造新声，帝自为之词三曲，又令沈约为三曲，以被弦管。”

④ 山公：即山简。

⑤《琅嬛记》：“金母召群仙宴于赤水，坐有碧玉鹦鹉杯，白玉鸬鹚杓。”鸬鹚：水鸟，其颈长，刻杓为之形，故名。

⑥ 三百杯：汉郑玄（字康成）能饮至三百余杯。见《世说新语·文学》刘孝标注引《郑玄别传》。

⑦ 鸭头绿：谓色如鸭头之碧也。

⑧ 酦醅（pō pēi）：重酿未滤之酒。

⑨ 糟丘台：酒糟堆积成山丘高台。王充《论衡·语增》：“纣为长夜之饮，糟丘酒池，沉湎于酒，不舍昼夜，是必以病。”

⑩ 后魏曹彰性倜傥，偶逢骏马，爱之，其主所惜也。彰曰：“予有美妾可换，惟君所选。”马主因指一妓，彰遂换之。（《独异志》）

⑪ 《落梅》：即《落梅花》，或《梅花落》，乐曲名。

⑫ 凤笙：十三簧，像凤之形，故曰凤笙。龙管：笛的美称。马融《笛赋》：“龙鸣水中不见已，截竹吹之声相似。”

⑬ 见《古风五十九首（选四）》其十八注⑬。

⑭ 金罍（léi）：古代酒器。《诗经·周南·卷耳》：“我姑酌彼金罍。”

⑮ 羊公：羊祜也。祜卒，襄阳百姓于岘山祜平生游憩之所建碑立庙，岁时享祭焉。望其碑者莫不流涕，杜预因名为堕泪碑。龟头：碑座下龟形的头。莓：苔也。

⑯ 玉山倒，喻醉态。《世说新语·容止》：“嵇叔夜（康）之为人也，

岩岩若孤松之独立；其醉也，傀俄若玉山之将崩。”

⑰《新唐书·地理志》：“舒州（今安徽潜山）……土贡，酒器、铁器。”又《韦坚传》：“有豫章力士瓷，饮器，茗铛。”铛（chēng）：温酒器也。

⑱襄王云雨：楚襄王梦巫山神女事。见宋玉《高唐赋》。前文亦有相关注释。

【赏析】

这首诗当作于开元二十二年（734），是诗人创作的一首“醉歌”，以醉态贯串始终。诗人假借一双蒙眬的醉眼，洞察世间悲喜。诗中触事遣兴，借人写己，充分表现了诗人蔑视功名富贵、追求自由浪漫的思想感情。

开头六句，诗人就用了晋人山简嗜酒典故。诗人在这里移花接木，是说自己像当年的山简公一样嗜酒烂醉：日暮时分太阳即将隐没于岘山之西，我戴着白帽子在花下喝得醉态迷离。襄阳调皮的小孩子一起拍着手，在街上拦着我的车争相唱起《白铜鞮》。引得旁人都问为何事而笑，淘气的孩子们说是笑他像烂醉如泥的山简公。

接下来十二句，诗人仍然是满眼美酒，一脸醉意。诗人抒发了自己纵酒作乐、扬扬自得、惬意洒脱的生活有谁能比的豪放：拿起鸬鹚杓，高举鹦鹉杯。一生百年共有三万六千天，我要天天豪饮三百杯。遥看襄阳城东，汉水像鸭头一样碧绿，就好像刚刚酿制的葡萄美酒。这江水若能变为一江春酒，那用来酿酒的酒曲就能够垒成一座酒糟丘台了。模仿美妾换骏马的曹彰的风流倜傥，醉骑在骏马雕鞍上高歌《落梅花》。车旁再挂上一壶美酒，在一派凤笙龙管中出游行乐。

再以下十句，诗人将诗歌推向了高潮，诗人及时行乐、恣意人生的形象兀然立起：那咸阳市中行将腰斩的李斯悔恨贪图富贵而取祸，不能再与其子牵着黄犬共出上蔡东门去追猎狡兔，哪像我在月下自由自在地倾酒行乐？您不曾见过岘山上晋朝羊公的那块堕泪碑吗，如今碑座下的石龟头部剥落，长满了青苔，无人为之落泪，也无人为之悲哀。这山间的清风、天上的明月，不用花钱就可随意地享用，不如学嵇康醉倒之际如玉山倾倒不用人推。端起舒州杓，擎起温酒的力士铛，李白要与你们相伴到最后。

结尾两句，诗人的情绪从前面的高调恣肆中陡然跌落，在对楚襄王的哀叹中再次阐明，所有的尊贵都如过眼烟云，唯有纵酒人生、快意目下的生活才更有乐趣：楚襄王与巫山神女翻云覆雨的美梦哪里去了？而今剩下的只有江水东流，听到的只有夜猿的悲啼哀鸣了。

全诗语言奔放，气韵流畅，恣肆放诞却并不颓废消极。诗人恣意纵酒却蔑视富贵功名，借此表达了他自己所追求的人生理想，充分表现出诗人富有个性的诗风。

江上吟

木兰之枻沙棠舟[1]，玉箫金管坐两头。
美酒樽中置千斛[2]，载妓随波任去留[3]。
仙人有待乘黄鹤[4]，海客无心随白鸥[5]。
屈平词赋悬日月，楚王台榭空山丘[6]。
兴酣落笔摇五岳，诗成笑傲凌沧洲[7]。
功名富贵若长在，汉水亦应西北流[8]。

【注释】

① 枻（yì）：船桨。《楚辞》："桂棹兮兰枻。"沙棠舟：《述异记》："汉成帝与赵飞燕游太液池，以沙棠木为舟。"参看下注③。

② 斛（hú）：古量器名，亦为容量单位，一斛本为十斗，后改为五斗。

③ 郭璞《山海经赞》："安得沙棠，制为龙舟，聊以逍遥，任波去留。"

④ 黄鹤楼故址在今湖北武汉武昌黄鹤矶上，下临江汉。旧传仙人王子安曾驾黄鹤过此，因而得名。一说费祎登仙，尝驾鹤返憩于此，遂以名楼。

⑤ 海客：海边之人。《列子·黄帝篇》："海上之人有好沤鸟者，每旦之海上，从沤鸟游，沤鸟之至者百住而不止。其父曰：'吾闻沤鸟皆从汝游，汝取来，吾玩之。'明日之海上，沤鸟舞而不下也。"

⑥ 屈平：即屈原，作《离骚》。班固《离骚经序》："屈原之文，弘博丽雅，为词赋宗。"悬日月：谓不可磨灭也。楚王台榭：指章华台、阳云台之类。上句之意，谓留心著作可以传千秋不刊之文，

下句谓溺志豪华，不过取一时盘游之乐。

⑦ 沧洲：仙岛也。隋大业九年（613），元藏几为过海使判官，舟漂至洲岛间，洲人云：“此沧洲，去中国已数万里。”其洲方千里，花木常如二三月，人多不死，所居或金阙、银台、玉楼、紫阁。藏几淹留既久，忽念中国。洲人制凌风舸以送之，激水如箭，不旬日即达东莱。（《杜阳杂编》）

⑧ 汉水：长江支流，向东南流入长江。汉水向西北倒流，比喻不可能之事。

【赏析】

这首诗作于何时尚有争议，一说是诗人开元年间游江夏（今属湖北武汉）时所作，另一说是于开元二十二年（734）所作。这首诗以江上的遨游起兴，表现了诗人对庸俗、局促的现实的蔑弃和对自由、美好的生活理想的追求，在思想上和艺术上都是很能代表诗人特色的篇章之一。

开头四句，诗人营造了一个远离喧嚣的世外桃源，这是一个超越了浑浊的现实而自由美好的世界：我坐在名贵的沙棠木制作的船上，船的两头坐着吹奏玉箫金管的歌妓。我喝的美酒一杯一杯，足有千斛之多，船载着我们随波逐流。

中间四句，诗人展现了自己特有的洒脱姿态，将仙人驾鹤遨游与自己泛舟行乐的洒脱心境对比，揭示出理想生活的历史意义；再将屈原和楚王作为两种人生的典型，形象地说明了进步的终归不朽，反动的必然灭亡的道理：欲高飞成仙，必须等待黄鹤再来，这实在是渺茫无期；还是像传说中的海客那样不存私欲，时时与海鸥怡情相得吧。屈原尽忠报国，反被放逐，终于自沉汨罗，他的骚赋，却可与日月争辉，永垂不朽；楚王荒淫误国，穷奢极欲，当年奴役人民建造的豪华宫殿台榭，如今却早已荡然无存。

结尾四句，诗人藐视一切，傲岸不羁，手法夸张，感情激昂，气势豪放，呼应开头，凸显出诗人对功名富贵的鄙弃：当我酣畅尽兴之时，挥笔所作的诗歌，雄健恣肆足以撼动五岳；诗成之后，我的胸襟豁然开朗，高旷不群，足以傲岸沧洲。如果功名富贵真能永远留住的话，那么汉江水都应该往西北流了。

全诗气势磅礴，酣畅淋漓，一气呵成，读来颇有张力。

元丹丘歌①

元丹丘，爱神仙，朝饮颍川之清流②，
暮还嵩岑之紫烟，三十六峰常周旋③。
长周旋，蹑星虹④，身骑飞龙耳生风，
横河跨海与天通，我知尔游心无穷。

【注释】

① 元丹丘：诗人20岁左右在蜀中结识之道友，乃诗人平生重要的交游人物之一。二人曾一起隐居河南嵩山。

② 颍川：即颍水，源出河南嵩山西南，东南流入安徽，汇入淮河。

③ 嵩岑：嵩山之巅。紫烟：紫色的瑞云。《河南通志》：嵩山居四岳之中，故谓之中岳。其山二峰，东曰太室，西曰少室。南跨登封，北跨巩邑，西跨洛阳，东跨密县，绵亘一百五十余里。少室山，颍水出焉。共有三十六峰。

④ 蹑星虹：谓登上星宿和彩虹。

【赏析】

这首诗当作于诗人与元丹丘在开元中嵩山隐居时期。诗中诗人赞扬元丹丘的神仙生活，真心希望元丹丘自由快乐像神仙。这既是对好友的美好祝愿，也是对好友的戏谑。当然，也表达了诗人自己的理想和愿望。

开头四句，诗人夸张地将元丹丘求仙学道浓缩在一天内，给人感觉元丹丘已成仙得道，具有飞腾之术：元丹丘喜好神仙之术，早晨他还在清清的颍水河边饮水，晚上则闲游在紫烟缭绕的嵩山峰顶，嵩山三十六峰的绝顶处处都有元丹丘的踪迹。

中间三句，诗人描写元丹丘的神通广大，一方面是赞扬元丹丘的仙术，另一方面也是借元丹丘的神游表达自己向往自由的理想：元丹丘他盘旋于天际，登上了星宿，攀上了彩虹，仿佛骑着飞龙两耳生风。他横跨江河、飞越大海，在天空中自由遨游，一直通向神话中的天国。

结尾一句，诗人表明上面这些只是精神上的一番自由和逍遥之游，都是自己想象的产物：我知道你这是心游无穷，达到庄子所说的精神遨游的逍遥状态。

此诗是歌谣体，词句活泼，富有变化；明白如话，朗朗上口，有一种长短相间，循环复沓的音乐美。

扶风豪士歌[①]

洛阳三月飞胡沙，洛阳城中人怨嗟。
天津流水波赤血，白骨相撑如乱麻[②]。
我亦东奔向吴国，浮云四塞道路赊[③]。
东方日出啼早鸦，城门人开扫落花。
梧桐杨柳拂金井[④]，来醉扶风豪士家。
扶风豪士天下奇，意气相倾山可移[⑤]。
作人不倚将军势[⑥]，饮酒岂顾尚书期[⑦]。
雕盘绮食会众客[⑧]，吴歌赵舞香风吹[⑨]。
原尝春陵六国时[⑩]，开心写意君所知[⑪]。
堂中各有三千士，明日报恩知是谁？
抚长剑，一扬眉[⑫]，清水白石何离离[⑬]。
脱吾帽，向君笑；饮君酒，为君吟。
张良未逐赤松去，桥边黄石知我心[⑭]。

【注释】

① 扶风：古郡名，故址在今陕西凤翔一带。

② 此四句言安史之乱叛军攻陷洛阳。天津：桥名。见《古风五十九首（选四）》其十八注①。

③ 赊：长，远。

④ 金井：井有雕饰栏杆者。

⑤ 鲍照《代雉朝飞》：“握君手，执杯酒，意气相倾死何有！”

⑥ 汉辛延年《羽林郎》："昔有霍家奴，姓冯名子都。依倚将军势，调笑酒家胡。"此句反用其意。

⑦《汉书·游侠传·陈遵》："遵耆酒，每大饮，宾客满堂，辄关门，取客车辖投井中，虽有急，终不得去。尝有部刺史奏事，过遵，值其方饮，刺史大穷（没办法），候遵沾醉时，突入见遵母，叩头自白当对尚书有期会状，母乃令从后阁出去。"此句以陈遵拟扶风豪士，喻其好饮兼好客。

⑧ 雕盘绮食：喻盛筵。

⑨ 吴歌赵舞：古代吴娃善歌，赵女善舞。

⑩ 原尝春陵：指战国四公子，即魏信陵君、齐孟尝君、赵平原君、楚春申君。

⑪ 开心写意：坦诚相待，披露心意。

⑫ 江晖诗："恐君不见信，抚剑一扬眉。"

⑬ 清水白石何离离：即水清石见之意。《古艳歌行》："语卿且勿眄，水清石自见。"离离：清晰貌。

⑭《史记·留侯世家》："今以三寸舌为帝者师，封万户，位列侯，此布衣之极，于良足矣。愿弃人间事，欲从赤松子游耳。"赤松子，神仙名。《史记索隐》引《列仙传》云："神农时雨师也，能入火自烧，昆仑山上随风雨上下也。"黄石：即黄石公。《史记·留侯世家》：良尝闲从容步游下邳圯上，有一老父，衣褐，至良所，直堕其履圯下，顾谓良曰：'孺子，下取履！'良鄂然，欲殴之。为其老，强忍，下取履。父曰：'履我！'良业为取履，因长跪履之。父以足受，笑而去。良殊大惊，随目之。父去里所，复还，曰：'孺子可教矣。后五日平明，与我会此。'良因怪之，跪曰：'诺。'五日平明，良往。父已先在，怒曰：'与老人期，后，何也？'去，曰：'后五日早会。'五日鸡鸣，良往。父又先在，复怒曰：'后，何也？'去，曰：'后五日复早来。'五日，良夜未半往。有顷，

父亦来，喜曰：‘当如是。’出一编书，曰：‘读此则为王者师矣。后十年兴。十三年孺子见我济北，穀城山下黄石即我矣。’遂去，无他言，不复见。旦日视其书，乃《太公兵法》也。”

【赏析】

这首诗当作于天宝十五载（756），时值安史之乱爆发后的第二年。诗人为避难而东奔吴地，受到“扶风豪士”的盛情款待，为表示感谢，也借此抒怀，即席写成此诗。

开头四句，诗人大手笔地为全诗设置乱世的时代背景，开篇就定下了安史之乱导致的大悲大痛的基调：暮春三月，安史叛军攻陷洛阳，恣意杀伐如风起飞沙走石，使得城中百姓怨声载道，哀号不绝。洛河上的天津桥下血染河水，两岸白骨堆积成山。

接下来两句，诗人描绘避祸途中目睹的惨象，面对此情此景，诗人心情愈发沉重不堪：国已不国，报国无门的我只能奔向东南吴地以避战乱，一路上一眼看不到头的逃难百姓则像浮云一样四方奔涌、充塞道路。

再以下十句，诗人营造了一个与前面凄厉残酷截然不同的意境，这一段扶风豪士的热情款待写得奇宕，与开篇几句相比，似乎是闲来之笔，其实，诗人并没有在酣乐中沉醉，而是为下面的己心告白做铺垫：旭日从东方升起，早鸦一片欢叫啼鸣，城门打开，人们忙着打扫落花。梧桐杨柳拂过扶风豪士家的雕饰华美的栏杆，我有幸到他家来一醉方休。扶风豪士堪称天下奇士，与我意气相投情谊深重可移山。他并不以位高仗势压人，招待客人就像陈遵不顾朋友与尚书有约会那样好客。大摆筵席与宾客开怀畅饮、珍馐相待，席中的吴歌赵舞如香风劲吹。

最后十句，诗人笔锋再作陡转，高调告白自己并非是置国家兴亡于不顾而沉溺于个人享乐；诗人以率性天真之举，表达他急于报国的热切之情，颇为个性：遥想战国四公子，他们坦诚相待、披露心意人所共知。他们礼贤下士以至门下都有三千客，也不知他日谁人会报知遇之恩？我要像南朝陈人江晖那样以“抚剑一扬眉”的激昂之举身赴国难，我胸怀磊落，报国之志就像水清石见那样清晰、明洁。我以脱帽、致笑的北方礼仪来回报知音之交，让我饮下你款待我的酒，吟诗以谢你的感遇之恩。我之所以没有像张良那样随赤松子而去，是因为功业未成，国难当前，我更得报效国家。耿耿此心，黄石公可以明鉴。

全诗豪情四射，激情飞扬，文采四溢。既沉着顿宕又气概非凡，用典精审又纵横捭阖，既丰富了诗的内涵又增添了诗的感染力，凸显了诗人轻生死、誓报国的志向。

梁园吟[1]

我浮黄河去京阙，挂席欲进波连山[2]。
天长水阔厌远涉，访古始及平台间[3]。
平台为客忧思多，对酒遂作梁园歌。
却忆蓬池阮公咏，因吟“渌水扬洪波”[4]。
洪波浩荡迷旧国，路远西归安可得！
人生达命岂暇愁，且饮美酒登高楼。
平头奴子摇大扇[5]，五月不热疑清秋。
玉盘杨梅为君设，吴盐如花皎白雪[6]。
持盐把酒但饮之，莫学夷齐事高洁[7]。
昔人豪贵信陵君，今人耕种信陵坟[8]。
荒城虚照碧山月，古木尽入苍梧云[9]。
梁王宫阙今安在？枚马先归不相待[10]。
舞影歌声散绿池，空馀汴水东流海[11]。
沉吟此事泪满衣，黄金买醉未能归。
连呼五白行六博，分曹赌酒酣驰晖[12]。
歌且谣[13]，意方远，
东山高卧时起来，欲济苍生未应晚[14]。

【注释】

① 梁园：旧址在今河南开封至商丘一带，汉梁孝王游赏之所也。

② 京阙：即京都长安。挂席：舟行扬帆也。谢灵运诗：“挂席拾海月。”

③ 平台：梁孝王所筑，在今河南商丘，当时离宫所在也。

④ 蓬池：古泽薮名，在大梁，即今河南开封。阮公：阮籍也。阮籍《咏怀诗》云："徘徊蓬池上，还顾望大梁。渌水扬洪波，旷野莽茫茫。"渌水：清水。

⑤ 平头奴子：即奴仆。古代奴仆不得着冠巾。

⑥ 吴盐：吴地所产盐。古人食梅，佐以盐，谓之盐梅。又以盐梅佐酒。魏明帝与崔浩语至中夜，赐浩缥醪酒十觚，水精戎盐一两，曰："朕味卿言，若此盐酒，故与卿同其旨也。"事见《魏书·崔浩传》。

⑦ 夷齐：即伯夷、叔齐。殷末孤竹君之子。相传其父遗命立次子叔齐继位。孤竹君死后，叔齐让位伯夷，伯夷不受，叔齐亦不愿登位，先后逃到周国。武王伐纣，二人叩马谏阻。武王灭商后，二人耻食周粟，采薇而食，饿死于首阳山。事见《吕氏春秋·诚廉》《史记·伯夷叔齐列传》。

⑧《史记·信陵君列传》："魏公子无忌封信陵君，仁而下士，士无贤不肖皆谦而礼交之，不敢以其富贵骄士，士以此方数千里皆归之。"《太平寰宇记》："信陵君墓在开封府浚仪县南十二里。"浚仪县即古之大梁，故址在今河南开封东北。

⑨《艺文类聚》："有白云出自苍梧，入于大梁。"苍梧，山名，在今湖南境内。

⑩ 梁王：即梁孝王刘武，汉文帝次子。枚马：谓枚乘、司马相如，并曾为梁客。梁王好文学，枚乘、司马相如等皆与其游。

⑪ 汴水：即汴河，流经大梁城，今已湮废。

⑫《楚辞·招魂》："菎蔽象棋，有六簙些；分曹并进，遒相迫些；成枭而牟，呼五白些。"六博：见《猛虎行》注⑮。王逸注："五白，博齿也……呼五白，以助投也。"分曹赌酒：谓分为二曹以赌酒之胜负也。驰晖：日也。

⑬《诗经·魏风·园有桃》："心之忧矣，我歌且谣。"毛传："曲

合乐曰歌，徒歌曰谣。”

⑭ 此二句用东晋谢安事。《世说新语·排调》：“谢公在东山，朝命屡降而不动。后出为桓宣武司马，将发新亭，朝士咸出瞻送。高灵时为中丞，亦往相祖。先时多少饮酒，因倚如醉，戏曰：‘卿屡违朝旨，高卧东山，诸人每相与言：“安石不肯出，将如苍生何？”今亦苍生将如卿何？’谢笑而不答。”东山高卧遂成成语，比喻隐居不仕。

【赏析】

这首诗作于天宝三载（744）。时值诗人离开长安，去大梁和宋州一带游历，受到好友的款待。酒酣耳热时，“赐金放还”的诗人将郁积于心的痛苦与失落、不甘与无奈宣泄于笔端，写下此诗。全诗可分为三个部分。

开头十句叙事为第一部分，其中的感情回环往复、百结千缠。这一部分，诗人道出了理想破灭，抱负不能实现的怅惘情绪和深沉的忧怀，为下文做好了铺垫：我从黄河乘船而下，京城渐渐消失在我的视野里，航船扬起了风帆，波涛汹涌如连绵起伏的山峰。广阔的水面和遥远的天际没有尽头，让我厌倦了不远千里的远游之苦，终于到达我要访古的宋州古梁园遗址的平台。在平台异乡作客弄得我愁思不断，只好与好友诗酒唱和，即兴作了一首《梁园歌》。感伤的心头盘桓着阮籍《咏怀诗》中的“徘徊蓬池上”，因而吟诵起“渌水扬洪波”的诗句。渌水激荡起的巨浪遮蔽了长安旧都，回望来路，长安与梁园远隔千山万水，再想西归古都，请问还有可能吗！

中间二十句抒情为第二部分，抛却苦闷的诗人转为激昂狂放。这一部分刻画了诗人纵酒癫狂的形象，表达了诗人在苦闷中否定自己曾经积极入世的人生信条。面对理想无法实现，诗人不惜用纵酒和赌博来麻醉自己以掩盖自己的痛苦与无奈：人生有命，应该旷达乐观，哪有闲工夫去心怀忧愁，且让我饮着美酒，登上高楼去欣赏美景，身旁不戴冠巾的奴仆摇着扇子，炎热的五月如同清秋那样凉爽。好友端上盛满杨梅的玉盘，花皎如雪的吴盐点缀其上。盐梅佐酒开怀畅饮，大可不必学伯夷、叔齐品行高洁，不食周粟。昔日豪贵诸国的战国公子魏无忌，如今墓冢被农人耕种其上。梁孝王游赏的梁园已荒废颓败，落得个冷月照空山，古木参天入云端。雕梁画栋的梁王宫阙早已不复存在，当时风流倜傥的座上嘉宾也早已作古。绿池仍在，舞影歌声已非当年旧人，只剩下汴水日夜东流到海不复回。沉吟梁园史事，想到自身遭遇，我不由得热泪洒满衣襟，不能回归长安，唯有一醉方休可遣怀。连呼五白博戏行乐，分班赌酒酣畅淋漓，不知不觉间时光飞逝。

结尾四句为第三部分。癫狂之中，诗人其实仍然不忘初心。这一部分出人意料，突然宕出一笔，泄露了自己心中不泯的济世救民的执着之火：我且歌且谣中，仍寄希望于将来，能像当年高卧东山的谢安一样，一旦时机到来，再度入世，担当起济世救民之大任也为时未晚也！

全诗脉络清晰，在诡谲多变的意境中，呈现出典雅蕴藉的气韵，颇具艺术张力。诗人的诗虽常表现出一些消极颓废的情绪，但总体风格上仍然是激荡昂扬向上的，就在于他心中永远燃烧着一团火，始终没有丢弃理想和追求。

白云歌送刘十六归山[①]

楚山秦山皆白云，白云处处长随君。
长随君，君入楚山里，云亦随君渡湘水[②]。
湘水上，女萝衣[③]，白云堪卧君早归[④]。

【注释】

① 萧士赟说："意刘十六楚人而游于秦。送其归山者，归楚山也。"

② 湘水：即湘江，发源于广西，向北流入洞庭湖。或云湘水，泛指楚湘之水。

③ 女萝衣：女萝，地衣类植物，亦名松萝。《楚辞》："被薜荔兮带女萝。"女萝衣此处指代山鬼。

④ 白云堪卧：南朝时，陶弘景隐于句曲山，齐高帝萧道成有诏问他："山中何所有？"他作诗答曰："山中何所有？岭上多白云。只可自怡悦，不堪持赠君。"早归：这里是说诗人自己要早点归隐。

【赏析】

这首送别诗是天宝初年诗人在长安送刘十六归隐时所作。此诗一反常态，既真心祝福友人归隐，又暗示自己心中郁结的待以归隐之举消解的怨艾。诗文紧扣"白云歌"诗题，围绕"白云"这一意象展开抒发，煞是别致。

前四句，诗人将白云沿途相送的情味暗自传达出来。诗人并不实写隐者，而是紧紧抓住白云这一离情别意的象征物，一下子便把人们带入清逸高洁的境界，使居于其间的隐者形象更为鲜明：楚秦两地的山水之上处处都有白云飘浮，你的归隐之行也有白云不断地伴随。白云一路伴随你，你来到楚山之中，白云也跟随着你渡过湘江水。

后两句，诗人随事生情，借用“女萝衣”典故，进一步渲染了隐逸地的可爱和归者之当归：湘水之上，有为欢迎你精心打扮的美丽山鬼，白云生处是你隐居的最佳归宿，你还是早些归隐吧。

全诗充满了对友人归隐的羡慕与鼓励，同时又对自己朝中难居的处境感到无奈。此诗以白云之象串接全诗，意境清远。顶针手法的运用，构成回环复沓的节奏，增加了诗歌的音乐美。

横江词六首[1]

其　一

人道横江好，
侬道横江恶。
猛风吹倒天门山[2]，
白浪高于瓦官阁[3]。

【注释】

① 横江：又名横江浦，在今安徽和县东南，与江对岸采石矶相对，为古代渡江要津。

② 此句一作“一风三日吹倒山”。

③ 瓦官阁：寺阁名，即瓦官寺阁，又名升元阁，南朝梁建。高二百四十尺，故址在今江苏南京西南。

【赏析】

这组诗创作背景和时间，学界目前还没有取得一致意见。这组诗乃比兴寄托之作，主要写横江的地势险要，气候多变，长江风大浪高。其实，诗人名为写景，实为写心，表达的是对报国之路险恶难行的焦虑和愁闷。组诗想象丰富奇伟，意境雄伟壮阔，充分体现了浪漫主义特色。

前两句，语言充满地方色彩，生活气息浓烈，写出了诗人对横江的独特看法，并为下面两句做铺垫：人人都说横江好，但是我觉得横江地势险恶无比。

后两句，诗人描摹风大浪高的雄奇情景。诗人描绘大风大浪的夸张手法，妙在似与不似之间。这样的夸张，既合乎情理又不显得生硬造作：凶猛的大风如狂飙呼啸而来，仿佛要刮倒天门山，暴风掀起的白浪仿佛超过了瓦官阁。

其　二

海潮南去过寻阳[①]，
牛渚由来险马当[②]。
横江欲渡风波恶，
一水牵愁万里长。

【注释】

① 寻阳：一作“浔阳”，唐代江南西道有江州九江郡，治所在浔阳县，即今江西九江。长江至此向东北行，故言海潮南去。古代海潮可直抵浔阳。

② 牛渚：牛渚矶，即采石矶。在今安徽马鞍山。陆游《入蜀记》卷二：“采石，一名牛渚，在和州对岸，江面比瓜洲为狭。故隋韩擒虎平陈及本朝曹彬下江南皆自此渡，然微风辄浪作，不可行。”马当：山名，在今江西彭泽东北。险马当：言险于马当也。

【赏析】

前两句，诗人描写长江天险的险要地势：倒灌进长江的海水从横江浦向南流去要经过浔阳。牛渚矶突入江中，地势险要远远超过马当山。

后两句，诗人看似写渡江之险，实则写自己报国之路难行。诗人表达的是世事险恶、人心难测，自己报国无门的忧愁：横江欲渡风波十分险恶，要跨渡这一水之江会牵动愁肠几万里。

其　三

横江西望阻西秦[①]，
汉水东连扬子津[②]。
白浪如山那可渡，
狂风愁杀峭帆人[③]。

【注释】

① 西秦：此代指长安。

② 汉水：此兼指长江。扬子津：在今江苏扬州南，为古代渡江要津。

③ 峭（qiào）帆：耸立的船帆。峭帆人指船夫。

【赏析】

前两句，诗人抒发自己身处险恶之境仍然不忘报国之志：从横江向西望去，视线为横江的如山白浪所阻隔，望不到长安。长江江水东流到扬子津渡口。

后两句，诗人表达了仕途之路的险恶和自己的烦闷愁苦：江中滔天的白浪翻滚如山，怎么能够渡过呢？狂风大浪愁杀了想要张帆渡江的船夫。

其　四

海神来过恶风回，
浪打天门石壁开[①]。
浙江八月何如此[②]？
涛似连山喷雪来。

【注释】

① 天门：即天门山，在今安徽芜湖一带。夹大江对峙，东曰博望，西曰梁山。

② 浙江：指钱塘江。两岸有龛、赭二山，南北对峙如门。潮汐为两山所束，其势如山，八月望日午潮尤甚。

【赏析】

前两句，诗人极写横江上风狂浪大：横江上的海潮还没退，狂飙的暴风又至，汹涌的浪涛好像要把天门山劈成两半。

后两句，诗人用比兴的手法极言横江险恶：钱塘江八月的大潮比起横江的浪涛来又怎样呢？横江上波涛翻滚好像连山喷雪而来那样凶险可怖。

其　五

横江馆前津吏迎[1]，
向余东指海云生。
郎今欲渡缘何事？
如此风波不可行。

【注释】

① 横江馆：亦名采石驿。采石津之官舍也。津吏：掌舟梁之事者。

【赏析】

前两句，诗人借津吏之口表达横江险情，预示北上之路的艰难：我在横江浦渡口的驿馆前受到了管理渡口的小吏的迎接，他指着东边，告诉我海上升起了云雾，渡船不能渡人过江了，因为海潮马上就要来了。

后两句，津吏的劝言表明诗人仕途之路再遭阻断：郎官您现在这样急着渡江北上到底为了什么事情呢？面对如此波涛汹涌的危险，要渡江出行是不可能的了！

其　六

月晕天风雾不开[①]，
海鲸东蹙百川回[②]。
惊波一起三山动[③]，
公无渡河归去来[④]。

【注释】

① 古人以日晕主雨，月晕主风。

② 此句言海鲸吐气使百川倒流。东蹙：自东相迫。

③ 三山：在今江苏南京西南，山有三峰，南北相接，故名三山。

④ 公无渡河：又作箜篌引，相和乐辞之一。《古今注》载，某日晨，朝鲜津卒霍里子高撑船摆渡，见一疯癫老人携酒欲渡河，其妻阻止不及，疯癫人遂被淹死。其妻拨弹箜篌，唱《公无渡河》歌曰：“公无渡河，公竟渡河！渡河而死，当奈公何！”其声凄怆，曲终亦投河而死。子高至家，对妻子丽玉讲述此事，丽玉亦甚悲伤，于是弹拨箜篌记下歌曲，听者莫不吞声落泪。

【赏析】

前两句，诗人借横江风起浪涌暗喻政治气候的险恶：横江之上经常月晕而暴风狂飙，江面整日笼罩在风雾中，海里的鲸吐气从东压迫使百川倒流。

后两句，诗人表现对前途险恶的预感和忧虑：惊涛骇浪翻滚涌起声势浩大，三山都为之摇撼，横江水势湍急，如果冒险渡江，将会像《公无渡河》歌中唱道的那样有去无回。

这组诗以横江之恶比喻仕途难行。写风写浪，尽作夸张、形容之语，组诗景象易感而诗外感慨难言。诗人彩笔浪漫，想象奇伟；诗文境界壮阔，感情真率，读来使人精神振奋，胸襟开阔。

秋浦歌十七首[1]

其　一

秋浦长似秋，萧条使人愁。
客愁不可度，行上东大楼[2]。
正西望长安，下见江水流。
寄言向江水，汝意忆侬不[3]？
遥传一掬泪[4]，为我达扬州。

【注释】

① 唐池州（今属安徽）有秋浦县，其地有秋浦水，故以立名。

② 东大楼：即大楼山。在今安徽池州境内。《江南通志》：大楼山在池州府城南六十里。

③ 不：同“否”。

④ 掬（jū）：用两手捧。

【赏析】

秋浦河流域风光优美，名胜古迹较多。李白一生三次游秋浦，留下几十篇佳作。这十七首诗大约作于天宝十三载（754）第二次游秋浦时期（一说为天宝十二载），诗人此时自翰林放归已经十年。全组诗内容丰富，情感深厚，从不同角度歌咏了秋浦的山川风物和民俗风情，同时又流露出忧国伤时，眷念长安，欲归不得和身世悲凉之叹。

这首诗是这组诗中最长的一首。

开头两句，诗人抒发冷落寂寥之感：秋浦水就像秋天的样子，萧条的景色让我的心充满了忧愁。

三、四两句，诗人承上表达心中郁积的愁绪难以排解：我客居他乡的忧愁就像秋浦水一样不可量度，只有上大楼山去以消解心中的愁闷。

五、六两句，诗人表达了心怀长安，欲建功立业而又欲归不得的忧愤：站在山顶向西远望京都长安，俯瞰长江水正滚滚东流。

最后四句，诗人流露出眷念长安，欲归不得时，只得托有形之物以寄情思：我向着江水发问，你还记得我李白吗？请你将我的一掬泪水，遥寄给扬州的朋友去吧！

其二

秋浦猿夜愁，黄山堪白头[①]。
清溪非陇水[②]，翻作断肠流。
欲去不得去，薄游成久游[③]。
何年是归日，雨泪下孤舟。

【注释】

①《江南通志》："黄山在池州府城南九十里。"堪白头：谓老于此也。

②《江南通志》："清溪在池州府城北五里，经郡城，入大江。"

③ 薄游：短期作客他乡。薄，小。

【赏析】

这首诗仍然是诗人抒发对长安的思念和客居他乡、欲归不得的愁闷。

前四句，诗人借黄山猿鸣和清溪水流声委婉地写别愁：秋浦河两岸不时传来猿猴的哀鸣声，附近的小黄山也被这忧愁弄白了头。清溪虽然不是陇水，但发出的流水声也像陇水一样悲咽得令人断肠。

后四句，诗人直抒归思胸臆，让人扼腕：我想离开这里，却哪里也去不了，本来打算暂居此地，却成了久居的异乡客。何年何时是回到长安的那一天啊，想到这里不觉潸然泪下。

其　三

秋浦锦驼鸟[①]，人间天上稀。
山鸡羞渌水[②]，不敢照毛衣。

【注释】

① 驼鸟：即鸵鸟。《太平寰宇记》：歙州土产鸵鸟。《郡国志》云：翎下青黄若垂绶，其状如蜀鸡，背如朱。《海录碎事》：“鸵鸟出秋浦，如吐绶鸡。”

② 山鸡：即野鸡，雉。

【赏析】

这是一首具有寓意的咏物诗。诗人并无贬义地以山鸡为陪衬，来赞美秋浦的鸵鸟。虽然诗人表面上是在赞美鸵鸟，但从诗意上体会，诗人似乎对山鸡所倾注的同情更多一些：秋浦产一种鸵鸟，其艳丽的羽毛，在人间天上都少有所见。漂亮美丽的山鸡见了它也羞得失去了来到清澈的水面，去映照自己华美的羽毛的勇气。

其　四

两鬓入秋浦，一朝飒已衰[①]。
猿声催白发，长短尽成丝。

【注释】

① 飒：衰貌。

【赏析】

这首诗将一个愁苦不堪、形容枯槁、白发纷乱的落寞老人立在了读者眼前。这样的描写其实就是诗人处境的自画像，抒发了诗人空有匡时济世之志而又报国无门，欲罢而又不能的矛盾情怀：我来到秋浦之后，满腹的忧愁让我一下子就双鬓染霜。更有那秋浦两岸凄惨哀鸣的猿声，将我满头黑发变成了纷乱的白色发丝。

其 五

秋浦多白猿，超腾若飞雪[①]。
牵引条上儿，饮弄水中月。

【注释】

① 超腾：跳跃也。《蜀都赋》："猿狖超腾而竞捷。"

【赏析】

这首诗描写了秋浦两岸白猿欢乐嬉戏的景象，诗人活灵活现地摹写了白猿母子戏月的场景，表现了白猿母子情深的意境：秋浦两岸的树丛中生活着很多白猿，它们跳跃飞腾如飘飞的白雪。夜晚它们从树枝上牵引着儿女，来到秋浦水边玩水中捞月的游戏。

其 六

愁作秋浦客，强看秋浦花。
山川如剡县[①]，风日似长沙[②]。

【注释】

① 剡（shàn）县：今浙江嵊（shèng）州。李白《秋下荆门》诗：此行不为鲈鱼鲙，自爱名山入剡中。可见剡中山水之美。

② 《一统志》：秋浦在池州府城八十余里，阔三十里，四时景物宛如潇湘、洞庭。

【赏析】

这首诗以"愁"开篇，展现出诗人面对残酷现实的忧愤，诗人借剡县和潇湘美景作比，看似赞美秋浦山水的风光，其实是在表达诗人内心用美丽景色都不能掩盖的忧愁：满怀思念长安却不得而归的忧愁作客在秋浦，强打精神观赏秋浦两岸的如画景色。秋浦的山水景色如剡县一样优美，其四时风光又宛如长沙一带的潇湘、洞庭之景。

其　七

醉上山公马[①]，寒歌宁戚牛[②]。
空吟白石烂，泪满黑貂裘[③]。

【注释】

① 山公：即山简。参见《襄阳歌》注②。

② 宁戚：春秋时卫人。以家贫为人挽车。至齐，喂牛于车下，桓公以为非常人，召见，拜为上卿。《史记·鲁仲连邹阳列传》：“宁戚饭牛车下，而桓公任之以国。”裴骃《集解》：应劭曰：“齐桓公夜出迎客，而宁戚疾击其牛角商歌曰：‘南山矸（gàn，白净），白石烂，生不遭尧与舜禅。短布单衣适至骭（gàn，小腿），从昏饭牛薄夜半，长夜曼曼何时旦？’公召与语，说之，以为大夫。”

③ 此句用苏秦游说秦王，其才不售之典。《战国策·秦策》：“（苏秦）说秦王书十上而说不行，黑貂之裘弊，黄金百斤尽，资用乏绝，去秦而归。”

【赏析】

这首诗诗人借山简、宁戚的典故表达自己艰难的境遇，抒发了诗人心中失意于朝廷的隐痛：我像晋朝的山简一样酩酊大醉地骑在马上，我像春秋的宁戚一样牵牛叩角歌唱表达自己有志得不到重用。报国无门的我像宁戚那样空吟着“白石烂”痛诉无人知遇，就像失意东归、满眼泪水的苏秦那样再也无法得到君王的赏识了。

其　八

秋浦千重岭，水车岭最奇[1]。
天倾欲堕石，水拂寄生枝[2]。

【注释】

① 《贵池志》："县西南七十里有姥山，又五里为水车岭，陡峻临渊，奔流冲激，恒若桔槔之声。"

② 寄生：指寄生在树木上的植物。

【赏析】

这首诗描绘了秋浦的奇特景观。诗人运用夸张的手法来写山岭的险峻和秀美：在秋浦河两岸的千重山岭中，唯有水车岭的风景最为奇特。天空好像要倒下来把悬崖峭壁压垮，寄生在树木上的植物在溪水中漂浮。

其　九

江祖一片石[1]，青天扫画屏。
题诗留万古，绿字锦苔生[2]。

【注释】

① 《一统志》：江祖山，在池州府城西南二十五里，有一石突出水际，其高数丈，上有仙人迹，名曰江祖石。

② 此句言石刻周围莓苔如锦。绿字：古人刻字于碑，填以色漆，称绿字。

【赏析】

这首诗与上一首诗一样，仍然是描绘秋浦的奇特景观。诗人赞美秋浦的如画美景和人文古迹：高数丈的巨石江祖耸立在清溪河畔，仿佛是直扫青天的一幅天然画屏。江祖石上古人的题字留存千年至今犹在，石刻周围长满了如织锦般的莓苔。

其　十

千千石楠树[①]，万万女贞林[②]。
山山白鹭满，涧涧白猿吟。
君莫向秋浦，猿声碎客心。

【注释】

① 石楠：常绿灌木名，属石楠科，高至七八尺，叶椭圆，初夏开淡红花，秋结细实，江南人多植之墓上。

② 女贞：常绿灌木，高者六七尺，叶卵形，夏开小白花，实长椭圆形，色紫黑。

【赏析】

这首诗诗人表达了异乡的美景无法消解作客他乡的人思念故乡的愁苦。

开头两句，诗人以轻快的笔调描写秋浦嘉木成林：秋浦河两岸，生长着千千万万棵秀美的石楠树和女贞林。

中间两句，诗人以白鹭和猿声两个意象承上启下：各个葱翠的山头上满是飘飞嬉戏的白鹭，而每个山涧里却回响着白猿凄厉的长吟声。

结尾两句，诗人笔锋陡转，表达美丽的山光水色带给人的愉悦抵不住凄厉的猿声使思乡人愁肠寸断：劝君不要去秋浦游览，因为那悲哀的猿鸣声让他乡游子断肠心碎。

其十一

逻人横鸟道①，江祖出鱼梁②。
水急客舟疾，山花拂面香。

【注释】

① 逻人：当是山名。胡震亨据《贵池志》以为是“逻叉”之误。王琦疑之：谓逻叉为水中石矶，则不应言“横鸟道”也。

② 鱼梁：取鱼之梁也。

【赏析】

这首诗诗人通过描写秋浦的山水美景来表达自己对秋浦的喜爱之情。诗人选择一高一低的景物，描绘出一幅具有空间感的壮观的图景，给人一快一慢的想象意境：高峻的逻人山横亘在鸟儿高飞迁徙的道上，渔人在江祖石上筑起了捕鱼的小堤坝。湍急的水流使得游览的客船在河中飞快地行驶，岸边轻拂人面的山花散发着阵阵沁人心脾的香气。

其十二

水如一匹练①，此地即平天②。
耐可乘明月③，看花上酒船。

【注释】

① 练：白绢。

② 平天：湖名，或云即指湖。

③ 耐可：堪可。

【赏析】

这首诗用比喻和夸张的手法描写了平天湖的静谧、美丽，以及诗人乘船饮酒赏花的悠闲自在，想象生动，韵味无穷。全诗前两句写景，后两句抒情：湖水静静的似一匹白绢，此处之水就是平天湖。何不乘着天上皎洁的明月，在游船上一边喝着美酒一边欣赏两岸美丽的花儿呢。

其十三

渌水净素月，月明白鹭飞。
郎听采菱女[①]，一道夜歌归。

【注释】

① 吴楚之风俗，当菱熟时，士女相与采之，故有采菱之歌。(《尔雅翼》)

【赏析】

这是一首美好动人的爱情颂歌，描写江南水乡水净月明的美景和民间采菱男女之间的美好爱情。情景交融，令人神往。同上一篇一样，全诗前两句写景，后两句抒情：清澈明净的渌水中映照着一轮素净的明月，一行白鹭在皎洁的月光下飘飞而行。农家小伙子一边劳作一边倾听着采菱姑娘唱歌，然后他们一道唱着采菱之歌丰收而归。

其十四

炉火照天地，红星乱紫烟。
赧郎明月夜[①]，歌曲动寒川。

【注释】

① 赧（nǎn）：因害羞而脸红。此指冶炼工人脸被炉火映红。

【赏析】

这是一首在中国浩瀚古典诗歌中极为罕见、极为可贵的描写和歌颂冶炼工人的诗歌，鲜明、生动地表现了火热的劳动场景。

前两句，诗人描写色彩明艳的冶炼场面：熊熊燃烧的炉火照亮了广袤的天地，喷出的红色的火星热力四射，浓紫的烟雾弥漫升腾。

后两句，诗人转为描写和赞美冶炼工人：在这明月之夜，熊熊火光映红了炼铜工人的脸庞，他们一边唱歌一边劳动，响亮的歌声激荡了寒川的一汪河水。

其十五

白发三千丈，缘愁似个长[①]。
不知明镜里，何处得秋霜！

【注释】

① 个长：犹言如此长也。

【赏析】

这首诗是组诗中最为人熟悉的一首。诗中充满了离京十年的诗人备尝漂泊的孤独寂寞和壮志未酬的缺憾与无奈。诗人运用夸张的手法说愁，明知故问地表达了自己半生蹉跎的忧愤之情：我的白发已有了三千丈，都是因为忧愁啊，才使白发长得这样长。不知明镜里像秋霜一样的白发，是从哪里悄悄来的。

其十六

秋浦田舍翁，采鱼水中宿。
妻子张白鹇[①]，结罝映深竹[②]。

【注释】

① 张：罗取鸟兽也。白鹇（xián）：出江南，雉类也。白色而背有细黑纹，可畜。

② 罝（jū）：网也。

【赏析】

这首诗诗人用平和的心态，欣赏的眼光，轻松的笔调再现了秋浦农家人忙碌的生活情景。

前两句，诗人描写老翁夜以继日地忙捕鱼：居住在秋浦这个地方的农家老翁，为了多捕鱼，晚上就睡在停在水面的渔船里。

后两句，诗人描写妻子也为生计而忙着张网捕鸟：他的妻子在竹林深处张结鸟网，捕捉林中的白鹇鸟。

其十七

桃陂一步地[①]，了了语声闻。
暗与山僧别[②]，低头礼白云。

【注释】

① 桃陂（bēi）：池塘名，全名桃胡陂。《李太白全集》中为“桃波”，《全唐诗》有注曰：“一作陂。”实应为“桃陂”。

② 暗（yīn，又读作àn）：默默无言状。

【赏析】

这首诗诗人以黯然离别秋浦为组诗作结，传达出一种伤感的情怀。

前两句，诗人借池塘和说话的人表达对秋浦人和物的留恋：池塘桃陂离这里仅一步之遥，那里的人说话这里都听得清清楚楚。

后两句，诗人依依不舍地向秋浦作别：我在这里默默无言地与山僧告别，遥向白云作揖而去。

峨眉山月歌送蜀僧晏入中京[1]

我在巴东三峡时[2]，西看明月忆峨眉。
月出峨眉照沧海，与人万里长相随。
黄鹤楼前月华白，此中忽见峨眉客。
峨眉山月还送君，风吹西到长安陌。
长安大道横九天[3]，峨眉山月照秦川[4]。
黄金狮子乘高座[5]，白玉麈尾谈重玄[6]。
我似浮云滞吴越[7]，君逢圣主游丹阙[8]。
一振高名满帝都，归时还弄峨眉月。

【注释】

① 中京：即长安。唐肃宗至德二年（757）始以长安为中京，以其在洛阳、凤翔、蜀郡、太原之中也。蜀僧晏：事迹不详。

② 巴东：唐武德二年（619）置归州，治所在今湖北秭归。辖秭归、巴东二县。天宝元年（742）改置巴东郡，治秭归。乾元元年（758）复置归州。此当泛指古巴国之东，三峡在其中，故称“巴东三峡”。三峡：在川东大江中，一为瞿塘峡，一为巫峡，一为西陵峡。

③ 相传天有九重，故曰九天。

④ 秦川：泛指今陕西、甘肃秦岭以北平原地带。因春秋战国时地属秦国而得名。《三国志·蜀志·诸葛亮传》：“天下有变，则命一上将将荆州之军以向宛、洛，将军身率益州之众出于秦川，百姓孰敢不箪食壶浆以迎将军者乎？”

⑤ 狮子座：释迦牟尼座席。亦指寺院中菩萨台座及高僧说法时的座席，或和尚座处之美称。《大智度论》卷七：“佛为人中师子，佛所坐处，若床若地，皆名师子座。夫师子，兽中独步，无畏，能伏一切。”按，“师”通“狮”。

⑥ 麈（zhǔ）尾：又称拂尘、拂子等。乃将兽毛、麻等扎成一束，再加一长柄，用以拂除尘埃和蚊虫等。禅宗以拂子作为庄严具，是说法之表征。道教则以其为一种法器。魏晋六朝清谈家习用麈尾，因有“麈谈”之谓。麈为“鹿之大者”，乃群鹿首领，麈尾之所指，即群鹿之所至。故“麈谈”原有“点拨”“指迷”之意。清谈之麈尾，或不可视为拂尘。《世说新语·容止》：“王夷甫容貌整丽，妙于谈玄，恒捉白玉柄麈尾，与手都无分别。”重玄：即《老子》“玄之又玄”之意。

⑦ 吴越：今江浙一带。

⑧ 丹阙：赤色宫门，此指皇宫。

【赏析】

这首诗作于乾元二年（759），是诗人在江夏（今属湖北武汉）送故友蜀僧晏入京之作。诗人当时遇赦归京，正在江夏一带。因故友来自峨眉，使诗人勾起以往在峨眉寻道家真谛与友朋相聚时对峨眉的一山一水、一草一木的回忆，故诗人以主客都熟悉的峨眉山月为象征物，将其巧妙地与对蜀僧晏入京的良好祝愿融合在一起作此诗，同时也表达了诗人自己的思乡之情。

开头四句，诗人借西望明月忆峨眉：以前我在巴东三峡的时候，向西眺望天上那轮皎洁的明月，常常让我回忆起在峨眉山的美好时光。明月从峨眉山上升起，漫天清辉照亮峨眉的山山水水，陪伴着游子漂泊万里山河。

接下来四句，诗人的思绪从峨眉山月回到眼前将要送别的友人身上，表达了对回归友人的祝福：如今在黄鹤楼前月白风清、清辉满地的夜晚，忽然幸运地遇到故乡峨眉山的你这位友人。那皎洁明亮的峨眉山月仍将伴随着你，与那怡人的清风一起陪伴你到京都长安。

再以下四句，诗人祝愿友人回归之路宽阔且明亮，同时羡慕友人受到皇帝的礼遇和重用：你回归长安的道路宽阔直通九天，峨眉山的月亮也会一路为你照亮秀丽的秦山渭水。君王为你准备好了佛家讲经的黄金狮子座，你将坐在上面手执白玉麈尾阐述佛家教义。

结尾四句，体现了诗人乐观向上、不甘命运安排的豪情：我如今好像浮云一样滞留在吴越一隅，而你却荣幸地被圣主明君召唤去皇宫游学。你将一鸣惊人，名震京都，长安城都传颂着你的博学多知，等我归来后，我们一起再去峨眉故地，欣赏那峨眉山月吧。

全诗以月为媒，贯串始终，借歌吟峨眉山月以道送别之情。感情深挚，情绪乐观向上。

江夏行[①]

忆昔娇小姿，春心亦自持。
为言嫁夫婿，得免长相思。
谁知嫁商贾，令人却愁苦。
自从为夫妻，何曾在乡土？
去年下扬州，相送黄鹤楼。
眼看帆去远，心逐江水流[②]。
只言期一载，谁谓历三秋。
使妾肠欲断，恨君情悠悠。
东家西舍同时发，北去南来不逾月。
未知行李游何方[③]，作个音书能断绝[④]。
适来往南浦，欲问西江船。
正见当垆女[⑤]，红妆二八年。
一种为人妻[⑥]，独自多悲凄。
对镜便垂泪，逢人只欲啼。
不如轻薄儿[⑦]，旦暮长追随。
悔作商人妇，青春长别离。
如今正好同欢乐，君去容华谁得知。

【注释】

① 江夏：唐郡名，今属湖北武汉。

② 古辞：“闻欢下扬州，相送楚山头。探手抱腰看，江水断不流。”

③ 行李：即行人。此指丈夫。

④ 作个：为什么。今四川方言中犹存，或作“咋个”。此句意谓何以音信断绝？

⑤ 当垆女：《古乐府》：“胡姬年十五，春日独当垆。”

⑥ 一种：一样。

⑦ 轻薄儿：轻佻浮薄之年轻男子。

【赏析】

这首诗诗人采用五、七言相间的形式，以“嫁商贾”“却愁苦”为线索，用一个女子的口吻，诉说自己委身于重利轻别的商贾的不幸与懊悔，表现她对婚姻幸福的真切向往。全诗可分为三部分。

开头六句为第一部分。这一部分描写女子对婚姻生活的美好愿望与残酷现实的巨大感情落差：回忆起以前未嫁的时候，我还是一个娇柔的小女子，纵有思春之心，也能够自我控制这份感情。即使谈到嫁人找夫婿这件事，也是企盼着能消解我心头长久的相思之苦。哪知今日为了婚后的幸福生活，嫁给了一个经商的男人，却令我遍尝了人间的愁苦。

接下来十句为第二部分。这一部分实写身为商人的丈夫经商下扬州多年不归，相思之苦使女子肝肠寸断，心中充满了对丈夫的怨恨：自从结为夫妻以来，他何曾一日在家待过？去年他下扬州时我在黄鹤楼前为他送行。眼看着载着他的帆船渐渐远去，我的思念之心也随着这滔滔流淌的江水追逐着他而去。本来说好了只去一年就回来，谁知道现在已经过了三年还没有他回来的消息。让我这小女子被相思之苦折磨得愁肠欲断，心中对这绝情的丈夫的怨恨之情就如悠悠的江水绵绵不绝。

最后十八句为第三部分。这一部分女子将自己的遭遇通过与“东邻西舍”和“当垆女”的幸福生活的对比具体表达心中对杳无音讯的丈夫的怨恨情绪：与我丈夫一起出发去经商的东邻西舍的人家，南来北往地奔走也不到一个月就回来了。我却不知道自己的丈夫如今游荡在哪里，他为什么就音讯断绝呢？我于是前往南浦，想打听一下是否有江夏西边长江中过来的商船。正好遇见一个装扮靓丽，年方二八的与丈夫相亲相爱的卖酒的少妇。与此相比，同样是为人之妻，唯有我形单影只，孑然一身，让我心中平生许多悲凄之情。我如今是对镜垂泪，逢人就哭，真是后悔莫及。还不如当初就嫁给一个轻薄少年，至少能与他日夜相随，早晚相伴。我悔恨自己做了商人之妇，在多年别离的生活中消耗了美好的青春。如今正好是夫妇俩同欢乐的大好时光，夫君却一去不回，我的青春容华逝去又有谁能知道呢？

全诗前后照应，脉络贯通，既表达了女主人公对薄情丈夫的怨恨之情，又赞扬了她对婚姻生活的合理要求。

山鹧鸪词[①]

苦竹岭头秋月辉[②]，苦竹南枝鹧鸪飞[③]。
嫁得燕山胡雁婿[④]，欲衔我向雁门归[⑤]。
山鸡翟雉来相劝[⑥]，南禽多被北禽欺。
紫塞严霜如剑戟[⑦]，苍梧欲巢难背违[⑧]。
我今誓死不能去，哀鸣惊叫泪沾衣。

【注释】

① 《山鹧鸪》：曲名，效鹧鸪之声为之。

② 苦竹岭：在池州（今属安徽）原三保，诗人曾读书于此。（《江南通志》）

③ 鹧鸪：鸟名，吴楚悉有，岭南偏多。腹前有白圆点，背上间紫赤毛。其大如野鸡，多对鸣。其声若曰“行不得也哥哥”。

④ 燕山：谓燕地之山。

⑤ 雁门：在今山西代县，有雁门山，雁门关。雁门山古称勾注山，群峰挺拔、地势险要。自建雁门关后，更有“一夫当关，万夫莫开”之势，“外壮大同之藩卫，内固太原之锁钥，根抵三关，咽喉全晋”。相传每年春来，南雁北飞，口衔芦叶，飞到雁门盘旋半晌，直到叶落方可过关。故有“雁门山者，雁飞出其间”之说。（《山海经》）春秋战国时，赵武灵王在此置有雁门郡，隋开皇初废郡为代州，大业初复置。唐时多次废置，宋时称代州雁门郡，金时废郡。

⑥ 翟（zhái）雉：鸟名，即长尾雉。晋张华《博物志》卷四：“翟雉

长尾，雨雪降，惜其尾，栖高树杪，不敢下食，往往饿死。”

⑦ 紫塞：北方边塞。晋崔豹《古今注·都邑》：“秦筑长城，土色皆紫，汉塞亦然，故称紫塞焉。”

⑧ 苍梧：见《梁园吟》注 ⑨。

【赏析】

这首诗大约作于安禄山反叛之前。诗人当时受邀入幕僚，在幽州发现安禄山准备谋反，于是毅然回归江南。

开头四句，诗人描写和交代了山鹧鸪在明月清辉下却夜不安眠、惊飞不定的情状与原因：苦竹岭山头高挂的秋月皎洁明亮，清辉洒地，栖息在苦竹岭树木朝南的枝头上的鹧鸪受惊飞起。一只小鹧鸪嫁给了北方的大雁，这大雁正以夫婿的身份准备衔着鹧鸪飞向自己雁门关的老家。

中间四句，诗人描写众鸟告诉鹧鸪北嫁所面临的险境，都来相劝和挽留：山鸡野雉都来劝说小鹧鸪，千万别嫁啊，北方的鸟儿总是欺负南方去的小鸟。

最后四句，诗人描写鹧鸪的决心和悲哀的处境：北方边塞的严寒风霜就像刀枪的寒光一样刺骨，所以，我不会违背自己在南方的苍梧山筑巢的心愿。如今，我决心听从大家的劝告，死也不跟大雁去北方了，但是，想到北方大雁不会就此善罢甘休，我不禁为自己的处境哀鸣惊叫，以至号啕大哭，泪洒衣衫。

全诗用拟人的手法，有着深刻的寄意，用鹧鸪不愿远嫁严寒凄冷的北方比拟自己对所处的危险环境的担忧。诗歌曲折深入，饶有风味。

赠裴十四

朝见裴叔则，朗如行玉山①。
黄河落天走东海②，万里写入胸怀间。
身骑白鼋不敢度③，金高南山买君顾④。
徘徊六合无相知⑤，飘若浮云且西去！

【注释】

① 裴叔则：名楷，西晋大臣，名士。曾任中书令，人称裴令公。《世说新语·容止》："裴令公有俊容仪，脱冠冕，粗服乱头皆好，时人以为'玉人'。见者曰：'见裴叔则，如玉山上行，光映照人。'"此以裴叔则拟裴十四。

② 杨齐贤注："黄河出昆仑山……其流入中国，势犹从天而落也。"

③ 白鼋（yuán）：白色大鳖。《楚辞·九歌·河伯》："乘白鼋兮逐文鱼，与女游兮河之渚。"王逸注："大鳖为鼋，鱼属也。"

④ 言高比南山之金银，亦难买裴十四一顾。汉刘向《列女传·节义传》："郑瞀（mào）者，郑女之嬴媵（yìng），楚成王之夫人也。初，成王登台临后宫，宫人皆倾观。子瞀直行不顾，徐步不变。王曰：'行者顾！'子瞀不顾。王曰：'顾，吾以女为夫人。'子瞀复不顾。王曰：'顾，吾又与女千金而封若父兄。'子瞀遂不顾。于是王下台而问曰：'夫人，重位也；封爵，厚禄也。一顾可以得之，可得而遂不顾，何也？'子瞀曰：'妾闻妇人以端正和颜为容，今者大王在台上，而妾顾，则是失仪节也。不顾，告以夫人之尊，示以封爵之重，而后顾，则是妾贪贵乐利

以忘义理也。苟忘义理，何以事王？’王曰：‘善。’遂立以为夫人。”

⑤ 六合：上下东西南北四方，即天地四方。泛指天下或宇宙。贾谊《过秦论》：“及至始皇，奋六世之余烈，振长策而御宇内，吞二周而亡诸侯，履至尊而制六合，执敲扑而鞭笞天下，威振四海。”

【赏析】

这首诗是诗人创作的一首赠别诗。诗人的好友，“竹溪六逸”之一的裴十四即将告别诗人西去，诗人作此诗赠别。此诗以晋之名士裴叔则喻裴十四，称赞裴十四容仪俊美，心胸阔大，态度高亢，却不为世人所知，好比天上的浮云，飘然世间而无所用。

开头四句，诗人用夸张的手法赞美好友：见到君就像见到古人裴叔则一样，光彩照人如行玉山，清朗照人。黄河水仿佛从天上落下，一泻万里，奔流入东海，君的胸怀浩瀚、宽广、宏大，能将黄河之水纳入其间。

中间两句，诗人叙写好友面对的险恶环境、人生道路的艰难以及他不图富贵的高尚品格：河中汹涌的波涛使君即使是骑着擅长横渡的白鼋也不敢渡河，但是，君不贪图富贵的品格，却是与南山一样高，那么多的金银也难以收买君的一顾。

结尾两句，显示了好友不容于世的磊落和清新脱俗的风采：君徘徊于天地四方之中，超凡脱俗而无相知之人，如今君就要像天上的云朵，即将飘然西去矣。

全诗抒发了与友人分别的离愁别绪，赞颂友人宽广的襟怀和高贵的人格，表达了作者对友人钦慕、敬仰的感情。诗人颂美友人，引为知音，并在友人的精神风貌里，照见自己的襟怀和人格。

醉后赠从甥高镇

马上相逢揖马鞭，客中相见客中怜。
欲邀击筑悲歌饮[①]，正值倾家无酒钱。
江东风光不借人，枉杀落花空自春。
黄金逐手快意尽[②]，昨日破产今朝贫。
丈夫何事空啸傲，不如烧却头上巾[③]。
君为进士不得进，我被秋霜生旅鬓。
时清不及英豪人，三尺童儿重廉蔺[④]。
匣中盘剑装䱜鱼[⑤]，闲在腰间未用渠[⑥]。
且将换酒与君醉，醉归托宿吴专诸[⑦]。

【注释】

① 筑：古乐器，今已失传。据《格致镜源》谓形如琴，十三弦。鼓法：以左手扼之，右手以竹尺击之。《史记》：“高渐离击筑，荆轲和而歌于市中……已而相泣，旁若无人。”

② 作者《上安州裴长史书》：“昔东游维扬，不逾一年，散金三十余万，有落魄公子，悉皆济之。”

③ 巾：冠也，士人所用。

④ 廉蔺：谓廉颇、蔺相如，并战国时赵人。颇为良将，将兵数有功；相如以使秦有功，为上大夫。

⑤ 䱜（què）鱼：古称鲛鱼，即今之鲨鱼，皮有珠文，用其制作刀剑鞘。

⑥ 渠：它。

⑦ 专诸：春秋时吴国刺客，曾刺吴王僚者也。

【赏析】

这首七言古诗创作于盛唐，是诗人偶逢从甥高镇，醉后直抒愤懑之作，从中可以窥见诗人暮年流落江东之情况之一斑。诗人描绘了境遇相似的诗人与从甥在客中相逢、同病相怜而触景生情的情景。既点染了悲凉的氛围，又写出了名士的豪气。

开头四句，诗人用情景交融的手法，暗用典故渲染悲凉的氛围：我们骑着马在路上相逢，相互高揖马鞭问候，都是作客他乡人，客中相见分外怜惜。想邀你一起击筑悲歌并痛饮，本想借酒浇愁，无奈正值我倾家荡产无钱买酒。

接下来六句，诗人直抒其情，把悲愁的情思写得非常深沉：江东明媚的春光即将消逝不等人，如果不及时痛饮行乐，就枉对这良辰美景了。不是没有过钱，只是黄金一一快意散尽，昨日刚刚破产，今朝就陷入了贫困。大丈夫面临困境何必徒然啸傲，不如把头上戴的士人头巾烧了。

再以下四句，诗人进一步直抒愤懑之情：你身为进士不能入仕求得进取，我客居在他乡，秋霜染白了我的双鬓。时世清平，可是英豪之人却未得到重用，连三尺童儿都知道要重用廉颇与蔺相如。

结尾四句，诗人宕开一笔，用剑换酒买醉来排遣心中的落寞和激愤，从而彰显题旨，收束全篇：宝剑插在鲨鱼皮制作的刀鞘里，闲挂在腰间没有机会使用它。那就将它换成酒与君痛饮他个一醉方休，喝醉了回去就寄宿到春秋时吴国刺客专诸的家里。

全诗以酣饮买醉方式，发泄内心怀才不遇的愤懑，尽显文人落魄的悲哀，又不失名士的豪气与尊严。

赠汪伦[①]

李白乘舟将欲行，
忽闻岸上踏歌声[②]。
桃花潭水深千尺[③]，
不及汪伦送我情。

【注释】

① 汪伦：诗人的朋友。宋蜀本《李白集》此诗题下有注曰："白游泾县桃花潭，村人汪伦常酿美酒以待白，伦之裔孙至今宝其诗。"据此，后世多以汪伦为一"村人"。今有学者考证认为，汪伦又名凤林，仁素公之次子也，为唐时知名士，与李青莲、王辋川诸公相友善，数以诗文往来赠答。青莲居士尤为莫逆交。开元天宝间，公为泾县令，青莲往候之，款洽不忍别。

② 踏歌者，连手而歌，踢地以为节也。

③ 桃花潭：在宁国府泾县（今安徽泾县）西南一百里，深不可测。（《一统志》）

【赏析】

这首诗是诗人于泾县游历时予好友汪伦的赠别诗，朴素自然地表达出汪伦对诗人朴实、真诚的情感。

前两句，诗人写友人汪伦用歌声表达惜别自己的真挚感情：我乘上船正准备出发，忽然岸上有脚踏节拍唱歌的声音传来。

后两句，诗人盛赞好友汪伦对自己的深厚情谊：桃花潭水即使有千尺之深，也不及汪伦你送我的情谊深厚啊！

全诗仅二十八个字，却画面丰富，情感丰赡，且脍炙人口，是一千多年来，诗人作品中广为流传的佳作之一。

沙丘城下寄杜甫[1]

我来竟何事，高卧沙丘城。
城边有古树，日夕连秋声。
鲁酒不可醉，齐歌空复情[2]。
思君若汶水[3]，浩荡寄南征。

【注释】

① 沙丘城：指鲁郡，即今山东兖州，故址在今兖州之东。杜甫：字子美，自号少陵野老，唐代伟大诗人，与李白合称“李杜”，二人颇有交往。

② 此二句言鲁酒之薄，不能醉人；齐歌之艳，听之无绪，皆不足慰离怀。《庄子·胠箧》：“鲁酒薄而邯郸围。”庾信《哀江南赋序》：“楚歌非取乐之方，鲁酒无忘忧之用。”齐歌：齐地之歌。

③ 汶水：即大汶河，在今山东境内。

【赏析】

诗人与杜甫的友谊是中国文学史上珍贵的一页。诗人直接为杜甫而写的诗歌有两首，这首是其中之一。天宝四载（745）秋，诗人与杜甫同游鲁东后分手，杜甫西去长安。诗人送别杜甫后曾暂居沙丘城，因怀念杜甫，写下此诗以寄思念之情。

开头两句，诗人自问为何无聊闲居沙丘城，颇有几分自责的味道：我来这里终究是为了什么事？高枕安卧、乏味闲居在沙丘城。

三、四两句，诗人营造萧瑟、凄寂的气氛，烘托诗人的愁思：沙丘城边有苍老古树，日日夜夜在秋风声中发出瑟瑟之声。

五、六两句，诗人叹息美酒和歌声都难以消解思念杜甫的情绪：

鲁地酒薄，痛饮也难以让人消愁；齐歌虽艳，我却无意欣赏，歌声也徒有情意，无法让人忘忧。

结尾两句，诗人无奈地将情思寄予流水，告白自己思念杜甫之情如滔滔河水绵绵不绝：我思念你的情思就如这一川汶水，浩浩荡荡地紧随着你悠悠南行。

全诗抒发了诗人对杜甫无法排遣的思念之情，纯真而又深沉，自然而又凝重。

闻王昌龄左迁龙标遥有此寄[①]

杨花落尽子规啼，
闻道龙标过五溪[②]。
我寄愁心与明月，
随风直到夜郎西[③]。

【注释】

① 王昌龄：字少伯，唐代大诗人，有“七绝圣手”“诗家天子”之称。与李白、高适、王维、王之涣、岑参等交厚。左迁：官员降职调动。汉、唐时贵右贱左，故将贬官称为左迁。《汉书·周昌传》颜师古注：“是时尊右而卑左，故谓贬秩位为左迁。”龙标：唐代县名，在今湖南黔阳。

② 五溪：谓辰溪、酉溪、巫溪、武溪、沅溪。今湖南西部、贵州东部，皆古五溪地。

③ 夜郎：地名，唐代在今湖南沅陵等地曾置夜郎县。汉代中国西南地区少数民族曾在今贵州西北部、云南东北部及四川南部等地建立过政权，称为夜郎。此当指位于湖南之夜郎，即今新晃侗族自治县境内，与洪江邻近。

【赏析】

这首诗是诗人为好友王昌龄贬官而作的抒发感愤、寄以慰藉的诗歌。王昌龄一生遭遇坎坷，他的性格与李白的傲岸不羁有着相似之处。大约在天宝年间，王昌龄因“不护细行”贬官到龙标，诗人作此诗对他表示同情和安慰。

前两句，诗人营造花落尽鸟悲鸣的凄凉意境和描绘贬谪地的荒凉景象，表达对王昌龄的担忧和关切：漂泊无依的杨花都已落尽，叫着“不如归去”的杜鹃都在悲鸣，我听说龙标竟然是个比五溪还遥远的荒凉之地。

后两句，诗人直抒胸怀，自己虽满含担忧，却人隔两地，难以相从，只有将自己对朋友的关切与挂念寄予明月和清风：我只有把自己对你的牵挂之情寄托给明月，让它随风一直飘到夜郎之西的龙标去。

短短四句诗意境空阔，想象丰富，情感浓烈，气概超逸。散发着强烈的人文气息，显示出浓郁的艺术魅力。

寄东鲁二稚子[1]

吴地桑叶绿，吴蚕已三眠[2]。
我家寄东鲁，谁种龟阴田[3]？
春事已不及[4]，江行复茫然。
南风吹归心，飞堕酒楼前[5]。
楼东一株桃，枝叶拂青烟。
此树我所种，别来向三年[6]。
桃今与楼齐，我行尚未旋。
娇女字平阳，折花倚桃边。
折花不见我，泪下如流泉[7]。
小儿名伯禽，与姊亦齐肩。
双行桃树下，抚背复谁怜？
念此失次第[8]，肝肠日忧煎。
裂素写远意[9]，因之汶阳川[10]。

【注释】

① 东鲁：指鲁郡，即今山东兖州。二稚子：谓一女一子。即女儿平阳，儿子伯禽。原注：在金陵作。

② 言蚕已老，春已暮。

③ 龟阴田：指山东龟山北面的田地。春秋鲁定公十年（前500），鲁国在孔子帮助下，迫使齐景公归还所侵夺之鲁国三邑。《左传·定公十年》："齐人来归郓、讙、龟阴之田。"此事亦载于《史记·孔

子世家》。

④ 春事：春天农事。

⑤ 酒楼：任城（今山东济宁）太白楼即太白酒楼。

⑥ 诗人自天宝六载（747）离东鲁，至天宝八载（749）已首尾三年。

⑦ 西晋刘琨《扶风歌》：“据鞍长叹息，泪下如流泉。”

⑧ 失次第：犹言心绪纷乱不宁。

⑨ 素：白绢。

⑩ 汶阳：谓汶水之南。汶水，见《沙丘城下寄杜甫》注③。

【赏析】

这首诗是诗人在天宝八载（749）游金陵（今南京）时，因思念东鲁家中的女儿平阳和儿子伯禽而创作的。此诗语言朴实，感情细腻，意兴凄婉，显示出诗人的慈父心肠。

开头六句，诗人由吴地桑叶一片碧绿，蚕儿将吐丝结茧自然引起对家中的“春事”谁来操弄的担忧：吴地的桑叶已经碧绿，吴地的蚕儿已经三次蜕皮就要吐丝结茧。我的家人都寄居在东鲁，家里那龟山北面的田地由谁来耕种呢？春日耕种的事我已经赶不上料理了，啥时能乘船江行返家也茫然无定。

中间十四句，诗人对千里之外的家乡一连串事物的生动想象，细致入微，栩栩如生，可见诗人对儿女和家乡所特有的怜爱与思念之情：南方来的风吹着我的归乡之心，飞堕在家乡的太白酒楼前。酒楼的东边有一株桃树，枝叶朦胧仿佛被青烟笼罩。这株桃树是我离开家乡时栽种的，至今一别前后已有三个年头。如今桃树长得与酒楼一样高了，而我出行在外仍未回返。我那娇柔的女儿名叫平阳，她手折花朵倚靠在桃树旁盼望着我早日回家。手持折下的桃花却不见父亲归来的身影，泪如雨下如同泉水流淌。我那幼小的儿子名叫伯禽，如今长得已经与他姐姐一样高了。姐弟俩并肩行走在桃树之下，谁又能抚摩着他俩稚嫩的背表达对他们的怜爱呢。

结尾四句，诗人从幻境中回到现实，将自己诚挚而急切的怀乡之心、思儿之情告白于笔端，情感凄楚动人：每每想到这些，我心中总是七上八下、忐忑不安而失去常态，肝肠寸断，忧虑的煎熬日甚一日。我撕下一片白绢当作纸，在上面写下远别后回归家乡的意愿，这样，我仿佛就能回到家乡的大汶河了。

这是一首情深意切的寄怀诗。诗人以细腻、生动、真切的笔触，抒发了思念家乡和儿女的真挚感情。

庐山谣寄卢侍御虚舟[1]

我本楚狂人，凤歌笑孔丘[2]。
手持绿玉杖[3]，朝别黄鹤楼。
五岳寻仙不辞远[4]，一生好入名山游。
庐山秀出南斗傍，屏风九叠云锦张[5]。
影落明湖青黛光[6]，金阙前开二峰长[7]，银河倒挂三石梁[8]。
香炉瀑布遥相望，回崖沓嶂凌苍苍[9]。
翠影红霞映朝日，鸟飞不到吴天长[10]。
登高壮观天地间，大江茫茫去不还。
黄云万里动风色[11]，白波九道流雪山[12]。
好为庐山谣，兴因庐山发。
闲窥石镜清我心[13]，谢公行处苍苔没[14]。
早服还丹无世情[15]，琴心三叠道初成[16]。
遥见仙人彩云里，手把芙蓉朝玉京[17]。
先期汗漫九垓上[18]，愿接卢敖游太清[19]。

【注释】

① 庐山：在今江西九江南。徒歌曰谣。卢侍御虚舟：卢虚舟，范阳（今河北涿州）人，唐肃宗时曾任殿中侍御史。

② 楚狂人：春秋时楚人陆通。陆通，字接舆，楚人也。好养性，躬耕以为食。楚昭王时，通见楚政无常，乃佯狂不仕，时人谓之楚狂。孔子适楚，接舆游其门曰："凤兮凤兮，何如德之衰也！"（《高

士传》）

③ 绿玉杖：镶有绿玉的杖，传为仙人所用。

④ 五岳：即东岳泰山，西岳华山，南岳衡山，北岳恒山，中岳嵩山。此泛指中国名山。

⑤ 南斗：星宿名，二十八宿之斗宿。古天文学家认为浔阳属南斗分野（古时以地上某些地区与天上某些星宿相应叫分野）。此指庐山秀丽高峻，突兀而出。庐山最高峰为五老峰，古称屏风叠。

⑥ 影落：言庐山倒映鄱阳湖中。青黛（dài）：青黑色。

⑦ 金阙：阙为皇宫门外左右望楼，金阙谓黄金门楼，此借指庐山石门。庐山西南有铁船峰和天池山，二山对峙，形如石门。

⑧ 银河：喻瀑布。三石梁：指庐山三叠泉承接瀑布水的三道石梁。位于屏风叠之左。

⑨ 香炉：峰名。香炉峰瀑布与三叠泉遥遥相对。沓（tà）：多，重叠。嶂：山峰形势高险若屏障。回崖沓嶂：山崖回环重叠，形势险峻。凌：高出。苍苍：指天空。

⑩ 翠影：苍翠之山影。吴天：庐山一带春秋时属吴国，故云。长：天空辽阔。

⑪ 黄云：昏暗的云色。

⑫ 应劭注《汉书·地理志》，言江自浔阳分为九道，盖言大江分而为九，故曰九江也。

⑬ 石镜：宋代乐史《太平寰宇记》：“石镜在东山悬崖上，其状团圆，近之则照见形影。”

⑭ 谢公：谢灵运。其《入彭蠡湖口诗》：“攀崖照石镜，牵叶入松门。”

⑮ 还丹：道教术语。唐释道宣《广弘明集》：“烧丹成水银，还水银成丹，故曰还丹。”服用还丹后可以成仙。世情：世俗之情。

⑯ 琴心三叠：《黄庭内景经》：“琴心三叠舞胎仙。”梁丘子注曰：“琴，和也。叠，积也。存三丹田，使和积如一也。”道教说人

身上丹田分上中下三处，若能使三处丹田重叠，达到平和境界，即是学道初成。

⑰ 玉京：天上山名。《枕中书》："元始天王在天中心之上，名曰玉京山。山中宫殿，并金玉饰之。"

⑱ 期：约会。汗漫：不可知事物，喻至大至上造物主。九垓（gāi）：九天之外。

⑲ 卢敖：燕人。秦始王使求神仙，亡而不反。

【赏析】

这首诗是诗人晚年的作品。此诗不仅浓墨重彩地描绘了庐山秀丽雄奇的景色，更主要的是表现了诗人狂放不羁的性格以及政治理想破灭后想要寄情山水的心境，流露了诗人一方面想摆脱世俗的羁绊，进入缥缈虚幻的仙境；一方面又留恋现实，热爱人间的美好风物的矛盾复杂的内心世界。

开头六句，诗人用"凤歌"的典故表达出对政治仕途的失望，并以陆通自比，表明自己要像楚狂人那样游历名山过隐居的生活：我就像楚狂人陆通一样，唱着凤歌嘲笑痴迷做官的孔夫子。手里拿一根绿色的玉杖，一大清早就辞别黄鹤楼。不畏路途遥远艰险攀登五岳寻访仙人，我这一生就喜欢游历在名山之间。

接下来九句，诗人着力描写庐山的瑰伟秀丽：秀美的庐山挺立在南斗旁，九叠云屏像锦绣云霞般铺张着，湖光与山影相互映照泛着青光。金阙岩前双峰矗立入云端，三叠泉瀑布如银河倒挂在三道石梁上。香炉峰与瀑布遥遥相望，重崖叠嶂莽莽苍苍高耸云霄。苍翠山影、彤云红霞都与朝阳相互辉映，山势高峻，连鸟儿也飞不到吴国辽阔的天空。

再以下八句，诗人登高远眺，描绘周围的壮丽景色：登上庐山极目远望天地间的壮观景象，那大江悠悠东流而去永不回还。天上万里飘着昏暗的黄云，天色瞬息万变，江流九道，波涛翻滚如同流动的雪山。我喜欢为雄伟的庐山而歌唱，诗兴也因庐山绮丽的风光而激发。闲暇时观看庐山东边悬崖上明净照人的石镜，使我的心神宁静下来，谢灵运经过的地方早已被青苔掩盖。

结尾六句，诗人感叹人生无常，盛事难再，希望寻仙访道，超脱现实，以求解决内心的矛盾：我要早日吞服仙丹去掉对尘世的留恋，修炼到三处丹田重叠，就能学道初成，达到平和境界。远远望见仙人正在彩云里，手里捧着芙蓉花朝拜元始天尊居住的玉京山。早已约好神仙在九天之上相聚，希望迎接你一同遨游太空。

全诗的韵律随诗情变化而跌宕多姿，感情豪迈开朗，磅礴着一种震撼山岳的气概。想象丰富，境界开阔，给人以雄奇的美感享受。

早春寄王汉阳[1]

闻道春还未相识，走傍寒梅访消息。
昨夜东风入武阳，陌头杨柳黄金色。
碧水浩浩云茫茫，美人不来空断肠。
预拂青山一片石，与君连日醉壶觞。

【注释】

① 王汉阳：汉阳令王某，名不详。

【赏析】

这首诗是诗人的一首七言古诗。此诗内容很简单，是上元元年（760）诗人在江夏（今属湖北武汉）时所作，表现了思念友人的一片真情厚意。

前四句，诗人叙写盼见春色的急切之心和对春天悄然到来的喜悦之情：听说春天已经到来，而我还未见到她的面，前去依傍寒梅以访寻春天的音讯。昨夜东风吹入江夏，路边陌上的杨柳冒出的嫩芽一片金黄。

后四句，诗人抒写面对春已回归，勾起自己思念友人的感情，并邀请友人前来一起醉饮赏春：春日里，碧水浩浩云雾茫茫，在这样怡人的季节里，王汉阳你要是不来我这与我欢饮，我可是会愁断肝肠的。我已经预先将青山上一片石拂拭干净，并摆下酒宴，要与你日日夜夜醉在壶觞之中。

全诗活泼自然，不落俗套。诗人思念友人的心中，潜藏着热爱生活、热爱大自然的美好情感，给人以强烈的感染。

梦游天姥吟留别[1]

海客谈瀛洲[2]，烟涛微茫信难求。
越人语天姥，云霞明灭或可睹。
天姥连天向天横，势拔五岳掩赤城[3]。
天台四万八千丈[4]，对此欲倒东南倾。
我欲因之梦吴越，一夜飞度镜湖月[5]。
湖月照我影，送我至剡溪[6]。
谢公宿处今尚在，渌水荡漾清猿啼[7]。
脚著谢公屐，身登青云梯[8]。
半壁见海日，空中闻天鸡[9]。
千岩万转路不定，迷花倚石忽已暝[10]。
熊咆龙吟殷岩泉，栗深林兮惊层巅[11]。
云青青兮欲雨，水澹澹兮生烟。
列缺霹雳[12]，丘峦崩摧。
洞天石扉，訇然中开[13]。
青冥浩荡不见底，日月照耀金银台[14]。
霓为衣兮风为马，云之君兮纷纷而来下[15]。
虎鼓瑟兮鸾回车[16]，仙之人兮列如麻。
忽魂悸以魄动，恍惊起而长嗟。
惟觉时之枕席，失向来之烟霞[17]。
世间行乐亦如此，古来万事东流水。
别君去兮何时还？且放白鹿青崖间，须行即骑访名山。
安能摧眉折腰事权贵[18]，使我不得开心颜！

【注释】

① 诗题又作《梦游天姥山别东鲁诸公》《留别东鲁诸公》等。天姥（mǔ）山，在今浙江新昌。传说曾有登此山者听到天姥（老妇）歌谣之声，故名。道书谓第十六福地。

② 瀛洲：传说中的东海仙山。《列子》：“渤海之东不知几亿万里……其中有五山焉：一曰岱舆，二曰员峤，三曰方壶，四曰瀛洲，五曰蓬莱。……而五山之根，无所连著，常随潮波上下往还，不得暂峙焉……（帝）乃命禺强使巨鳌十五举首而戴之。”三山：指蓬莱、方丈、瀛洲。

③ 赤城：山名，在今浙江天台北，为天台山的南门，土色皆赤。

④ 天台：山名，在今浙江天台北。《十道山川考》：“天台山在台州天台县北十里，高万八千丈，周旋八百里，其山八重，四面如一。”因此，“四万八千丈”（一作“一万八千丈”）极言天台山高峻，非实数。

⑤ 镜湖：又名鉴湖，在今浙江绍兴。

⑥ 剡（shàn）溪：水名，在今浙江嵊州南，曹娥江上游。参《秋浦歌十七首》其六注①。

⑦ 谢公：指谢灵运，东晋末刘宋初文学家、诗人。渌（lù）水：清水。

⑧ 谢公屐：谢灵运游山时所穿一种特制木鞋。《南史·谢灵运传》载，谢灵运“寻山陟岭，必造幽峻，岩嶂数十重，莫不备尽。登蹑常着木屐，上山则去其前齿，下山去其后齿”。青云梯：谢灵运诗：“共登青云梯。”谓山岭高峻，如入青云也。

⑨ 半壁：半山腰。天鸡：旧题任昉《述异记》卷下：“东南有桃都山，上有大树名曰桃都，枝相去三千里。上有天鸡，日初出照此木，天鸡则鸣，天下之鸡皆随之鸣。”

⑩ 路不定：山路曲折多变。暝：黄昏。

⑪ 殷（yǐn）：象声词，雷声。此作动词，即震动。栗：战栗、发

抖。惊层巅：使层叠之山峰为之惊恐。

⑫ 列缺：天隙电光也，阳气从云决裂而出，故曰列缺。即闪电。扬雄《校猎赋》："霹雳、列缺，吐火施鞭。"

⑬ 洞天：神仙所居洞府，意谓洞中别有天地。石扉：即石门。訇（hōng）然：喻巨大响声。中开：从中裂开。

⑭ 青冥：青天。金银台：神仙所居之处。郭璞《游仙诗》："神仙排云出，但见金银台。"

⑮ 霓为衣兮风为马：屈原《九歌·东君》："青云衣兮白霓裳。"傅玄《吴楚歌》："云为车兮风为马。"云之君：云神。

⑯ 虎鼓瑟：张衡《西京赋》："白虎鼓瑟，苍龙吹篪。"鸾回车：鸾鸟挽车。鸾：传说中凤凰一类的鸟。

⑰ 烟霞：上述梦中之奇幻景象。

⑱ 折腰：《晋书·陶潜传》："吾不能为五斗米折腰，拳拳事乡里小人邪！"

【赏析】

这首诗作于天宝三载（744），是诗人的名篇之一。诗人在长安三年后因生性傲岸，不阿权贵，终被唐玄宗以"非廊庙器"而"赐金放还"，这首诗是诗人离京时告别友人所作。该诗通过描写梦游天姥山的感受，抒发诗人对现实的不满，感叹人生和政治仕途的艰难。全诗可分为三个部分。

开头以下八句为第一部分。这一部分诗人以天姥山的神秘高峻写入梦的缘由，并以夸饰的笔触引领读者和诗人一起去攀越天姥山之巅：来往于海上的人谈起仙人居住的瀛洲，据说那里烟雾、波涛迷茫无际，实在难以寻求。越地的人谈及天姥山，说它在云雾霞光中时隐时现，它高耸入云，横出天外，它的高峻超过五岳，盖过赤城山。天台山高四万八千丈，对着天姥山，好像拜倒在天姥的东南一样。

接下来二十六句为第二部分。这一部分诗人营造两个反差极大的世界，笔调梦幻地描写诗人梦中奇妙的所见所闻，将自己的情怀寄托其中：我想按照越人所述梦游吴越。一天夜里，飞渡了明月映照的镜湖。镜湖的月光照着我的影子，一直送我到了剡溪。谢灵运住的地方如今还在，清水荡漾，猿猴清啼。脚上穿着谢公当年特制的木鞋，攀登像青云梯一样险峻的石梯。半山腰就看见了海上的日出，听到空中传来的天鸡的叫声。千崖万壑，山路盘旋弯曲，方向不定，倚石欣赏迷人的山花，忽然天色已经昏暗。熊咆龙吟声震动在山岩清泉之间，茂密的森林为之战栗，层层山峰为之惊颤。云层黑沉沉的，像是要下雨，水波动荡生起浓浓烟雾。电光闪闪，雷声轰鸣，山峰好像要崩塌似的。神仙洞府的石门，訇然一声从中间裂开。天色昏暗看不到洞底，日月照耀着金银台。仙人用彩虹做衣裳，将风为马，纷纷下到凡间。老虎弹琴，鸾凤驾车，众多仙人列队迎接。

最后十一句为第三部分。这一部分描写梦醒时分，回到现实世界的诗人高亢激愤，慨然有声，显示出不屈于时势，自尊自高的非凡形象：我感到惊魂动魄，恍惚中惊醒过来，感叹不已。醒来时只有身边的枕席，刚才梦中绮丽的仙境已经消失。人世间的欢乐也不过如此幻境，自古以来万事都像东流水一去不返。与君分别何时才能回来，我要在青崖间放牧白鹿，等到想游览时就骑上它访遍名山，求仙学道。怎么能够弯腰低头去侍奉权贵，使我自己不能快乐开怀，尽兴生活呢！

全诗以浪漫主义和现实主义相结合的手法，将极度夸张和高度的想象力相统一，表达了诗人对仙境的向往和对世俗人间的憎恶。全诗意境开阔，语言变幻，画面绮丽，形象辉煌，缤纷多彩，情调华赡，展现出诗人不卑不屈、放纵不羁的气宇。

金陵酒肆留别[①]

风吹柳花满店香，吴姬压酒劝客尝[②]。
金陵子弟来相送，欲行不行各尽觞[③]。
请君试问东流水，别意与之谁短长？

【注释】

① 金陵：今江苏南京。

② 吴姬：吴地女子，此指酒店侍女。压酒：压糟取酒。古时新酒酿成，尚未出槽入瓮，临饮时则压糟取用。

③ 欲行：欲行之人。不行：送行之人。

【赏析】

这首诗作于开元十四年（726），诗人在金陵滞留大半年后赴扬州一游，临行之际，友人在酒肆为诗人饯行，诗人作此诗告别。

开头两句，诗人描绘了一幅在令人陶醉的春光春色里，酒客沉醉春风中的画面，令人迷恋：暮春时节，金陵酒肆，柳絮翻飞，花香满店，吴地的侍女捧出新压榨的美酒劝客品尝。

中间两句，描写诗人与友人借饮酒作乐来表达依依惜别之情，将诗人临别之际，踯躅徘徊，欲走还留的形象描绘了出来：金陵的青年朋友们来为我饯行，即将远行的我和前来相送的好友们都尽情地饮酒作乐。

结尾两句，诗人将满腔的离情诉诸滔滔江水，表达自己惜别之情如这绵绵不绝的东流水，言有尽而意无穷：请你们问问那东流的长江水，离情别绪与它相比，哪个更短，哪个更长？

全诗流畅明快，自然天成，语浅情深，意境深远，表达了诗人与金陵友人的深情厚谊及依依惜别之情。

黄鹤楼送孟浩然之广陵[①]

故人西辞黄鹤楼，
烟花三月下扬州[②]。
孤帆远影碧空尽[③]，
唯见长江天际流。

【注释】

① 孟浩然：唐代诗人。襄州襄阳（今湖北襄阳）人。与王维合称为“王孟”，以写田园山水诗为主。广陵：唐郡名，即今江苏扬州。

② 烟花：喻柳絮如烟，泛指春天景物。

③ 碧空：一作“碧山”。陆游《入蜀记》：“八月二十八日……访黄鹤楼故址……太白登此楼，送孟浩然诗云：‘孤帆远映碧山尽，唯见长江天际流。’盖帆樯映远，山尤可观，非江行久，不能知也。”

【赏析】

这首诗作于开元十八年（730）三月。时值诗人和挚友孟浩然相会在江夏（今属湖北武汉），后孟浩然乘船东下扬州，李白亲临江边送别时写下了这首脍炙人口的名篇。

前两句，诗人紧扣题旨，点明暮春时节、繁花遍地时送故友的地点及故友要去的地方：老朋友和我在黄鹤楼辞行，他要在这烟花烂漫的三月去扬州。

后两句，描写诗人送别故友时的惜别深情，诗人巧妙地将依依惜别的深情寄托在对自然景物的动态描写之中：小舟扬帆而去，愈行愈远，最终连帆影也消失在了碧空的尽头。我还在翘首凝望，只见一江春水，浩浩荡荡地流向水天交接处。

全诗语言清新，意境丰厚。诗人别具匠心，将送别之情与绮丽春景融为一体，情景交融，余味无穷。

南陵别儿童入京[1]

白酒新熟山中归，黄鸡啄黍秋正肥。
呼童烹鸡酌白酒，儿女嬉笑牵人衣。
高歌取醉欲自慰，起舞落日争光辉。
游说万乘苦不早[2]，著鞭跨马涉远道。
会稽愚妇轻买臣[3]，余亦辞家西入秦[4]。
仰天大笑出门去，我辈岂是蓬蒿人。

【注释】

① 南陵：前人皆谓指宣州南陵（今属安徽），今人则多谓指今山东兖州附近古南陵。儿童：当指诗人女平阳及子伯禽。

② 游说万乘：以策士自况，喻向君王献策。万乘：君主。周朝制度，天子地方千里，车万乘。

③ 买臣：即朱买臣。《汉书·朱买臣传》："朱买臣，字翁子，吴（今江苏苏州）人也。家贫，好读书，不治产业。常艾薪樵，卖以给食，担束薪，行且诵书。其妻亦负戴相随，数止买臣毋歌呕道中，买臣愈益疾歌，妻羞之，求去。买臣笑曰：'我年五十当富贵，今已四十余矣。女苦日久，待我富贵报女功。'妻恚怒曰：'如公等，终饿死沟中耳，何能富贵？'买臣不能留，即听去。"后买臣为会稽太守，"入吴界，见其故妻、妻夫治道。买臣驻车，呼令后车载其夫妻，到太守舍，置园中，给食之。居一月，妻自经死，买臣乞其夫钱，令葬"。

④ 入秦：即入京，进长安。

【赏析】

天宝元年（742），已42岁的诗人奉诏入京，他异常兴奋，满以为实现政治理想的时机到了，立刻回到南陵家中，与儿女告别，并毫不掩饰自己的喜悦之情写下了这首激情洋溢的诗。

开头两句，诗人描绘出一片丰收热闹的景象，来烘托自己喜不自禁的情绪，为下面的描写做了铺垫：新酿的白酒刚刚成熟时我从山中归来，秋天长得正肥的黄鸡正在啄着谷粒。

接下来四句，诗人通过进一步渲染欢愉之情，来表达自己得诏后喜悦的心情：进门就呼儿唤女烹宰黄鸡，并斟上醇美的白酒，孩子们也被我的喜悦之情感染得嬉笑吵闹着牵扯我的衣襟。我一边放声高歌，一边开怀痛饮，就是想要表达自己的快慰之情，酒酣之际，我再拔剑起舞要与秋日夕阳争夺光辉。

以下两句，表现出诗人对君王采纳自己政治主张满怀希望和期盼尽早见到君王的急切心情：我苦于向万乘之君表达自己的政治主张的时间已经太晚了，恨不得快马加鞭奔向通往京城的大道。

再以下两句，诗人化用朱买臣的典故，类比自己像朱买臣那样大器晚成，其得意之态溢于言表：朱买臣之妻目光短浅，看不起贫穷的朱买臣，如今我也要辞家西去直奔长安所在的秦地。

结尾两句，受到君王召见的诗人的兴高采烈、得意扬扬的情绪波澜涌向了高潮，把一个踌躇满志又无比自负的诗人形象淋漓尽致地表现了出来：仰面朝天纵声大笑着走出门去，我岂是湮没于草野之间的乡民野客?

全诗贯穿着诗人激情洋溢的兴奋，表现了人生得意须尽欢的主题。诗人一改惯用的夸张想象之手法，直陈其事，直抒其情。全诗生动形象，热切恣肆；风格鲜明，别具一格。

金乡送韦八之西京[①]

客自长安来，还归长安去。
狂风吹我心，西挂咸阳树[②]。
此情不可道，此别何时遇？
望望不见君[③]，连山起烟雾[④]。

【注释】

① 金乡：今山东金乡。《元和郡县志》卷十河南道兖州金乡县："后汉于今兖州任城县西南七十五里置金乡县。"韦八：生平不详，李白友人。西京：即长安。唐天宝后以凤翔郡为西京。

② 咸阳：此代指长安。

③ 望望：瞻望，盼望。

④ 鲍照《吴兴黄浦亭庾中郎别》："连山眇烟雾，长波回难依。"

【赏析】

这首诗约作于天宝八载（749），这年春天，诗人东游齐鲁，在金乡遇友人韦八回长安，作此诗为友人送别。

开头两句，交代好友即将回归长安，诗文就像是家常话一样明白、自然、朴实：小韦哥从长安来，现在要回归长安去。

三、四两句，诗人想象奇特，诗人因送好友回归长安而勾起自己的情绪，形象鲜明地表现了诗人自己也思念长安的心情：狂风吹荡着我的心，随风西去，高挂在长安的树上来陪伴你。

五、六两句，诗人忽生感伤，离情别绪涌上心头，表达了诗人对友人的真挚感情：与你的友情我无法用语言来表达，经此一别，你我何时才能再相遇？

结尾两句，诗人面对友人的离去，涌现出别后的怅惘之情：伫立瞻望，已经不见你离去的身影，只有那连绵起伏的重峦叠嶂笼罩在烟雾迷蒙中。

这首诗语言平易、通俗，情感深沉、真挚，显示出诗人与友人的深情厚谊。

送裴十八图南归嵩山二首[①]

其　一

何处可为别，长安青绮门[②]。
胡姬招素手，延客醉金樽。
临当上马时，我独与君言。
风吹芳兰折，日没鸟雀喧。
举手指飞鸿，此情难具论[③]。
同归无早晚，颍水有清源[④]。

【注释】

① 裴十八图南：裴图南，排行十八。事迹不详。嵩山：属五岳之一，通称中岳。在今河南登封北。

② 青绮门：《水经注》卷十七："渭水又东迳长安城北……十二门，东出北头第一门……第三门本名霸城门，王莽更名仁寿门，无疆亭。民见门色青，又曰青城门，或曰青绮门，亦曰青门。"

③《晋书·郭瑀传》："郭瑀，字元瑜，敦煌人也。少有超俗之操……隐于临松薤谷……张天锡遣使者孟公明持节，以蒲轮玄纁备礼征之……公明至山，瑀指翔鸿以示之曰：'此鸟也，安可笼哉！'遂深逃绝迹。"此即用其事，言不受人束缚。

④ 颍水：即颍河，发源于河南登封嵩山西南，流经登封四十公里，绕箕山而下，流入淮河。清源：源头水清。尧时高士许由洗耳于颍水滨。参见《古风五十九首（选四）》其二十四注⑤。

【赏析】

两首诗约作于天宝二年（743），为送裴图南归隐嵩山而作。诗人此时未得唐玄宗的重用，并受到佞臣的谗毁和打击，有意离开长安与裴图南同隐嵩山。此诗为两首诗中的第一首。

开头两句，诗人点明送别的地点及用醉饮来消解二人的离愁别绪：哪里是我们分手的地方，就定在这京城的青绮门吧。胡姬高扬着白皙的手，殷勤地招呼着我们进酒楼举杯醉饮。

中间四句，诗人以“风吹”“日没”喻政治黑暗，以“芳兰折”“鸟雀喧”提醒好友，贤士遭遇打击，奸佞得志猖狂：当你上马即将相别东行的时刻，且听一听我个人对你的肺腑之言。你看那狂风泛起，芳兰被摧折，日落昏暗时，鸟雀则聚集在一起喧嚣不停。

结尾四句，诗人以郭瑀的典故向友人表白自己有意同隐嵩山：你一定记得晋代郭瑀手指飞鸿、全身远祸的故事，而我这笼中之鸟内心的矛盾无言表达。我打算与你同隐嵩山，这样也就不用分谁早谁晚了，颍水清澈的源头将是我们共同的归隐之地。

全诗诗人抨击了当世政治黑暗，奸佞当道，贤能之士备受谗毁和打击的现实，真实地表现了诗人此时有意暂且归隐，等待用世机遇的心思，也就暗含着对裴图南归隐的赞赏和慰藉。

其　二

君思颍水绿，忽复归嵩岑①。
归时莫洗耳，为我洗其心②。
洗心得真情，洗耳徒买名。
谢公终一起，相与济苍生③。

【注释】

① 嵩岑：嵩山。

② 洗耳：见《古风五十九首（选四）》其二十四注⑤。

③ 谢公：谓谢安。谢安隐东山时，人每相语曰："安石不出，如苍生何！"

【赏析】

这首诗作于天宝二年(743)。时值诗人在翰林，唐玄宗无意重用他，更加上杨贵妃、高力士、张垍等的排挤，于是，诗人初到长安怀抱的希望终于破灭，打算离开长安。此诗为两首中的第二首。

开头两句，诗人用清澄的颍水将赞赏好友归隐的愿望具象化：你想念着碧绿清澈的颍水，又要回到颍水源头鲁山归隐去了。

中间四句，诗人表面上是用许由的典故叮嘱好友注意做隐士的方式，实则是诗人仕途失意后自己所要采取的人生态度：颍水边你不要像许由那样用清水洗耳，要洗一洗自己的心。洗心才能心纯情真，洗耳只不过是徒买虚名。

结尾两句，诗人借谢安的典故对友人临别赠言，告诫友人不论是出世还是归隐，经世济民才是隐士的人格精神：高隐东山的谢公究竟是要被起用出来做官的，因为他忘不了解救苍生的重任。

全诗直抒胸臆，自然朴实，不加藻饰，愤世疾俗中也洋溢着积极向上的精神。

送杨山人归嵩山

我有万古宅，嵩阳玉女峰①。
长留一片月，挂在东溪松。
尔去掇仙草，菖蒲花紫茸②。
岁晚或相访，青天骑白龙③。

【注释】

① 玉女峰：为嵩山二十四峰之一，峰北有石如女子，故名。

② 《神仙传》："嵩山石上昌蒲一寸九节，服之长生。"《抱朴子》："昌蒲须得生石上一寸九节以上，紫花者尤善。"谢灵运诗："新蒲含紫茸。"茸：蒲花也。

③ 神仙家言，凡人仙去，辄乘白龙。《神仙传》："太真夫人名婉罗，与马明生居，所往常有白龙迎之。"

【赏析】

这首送别诗作于天宝初年，杨山人是诗人游嵩山时结识的情谊深厚的好友，如今这位好友就要回归嵩山，诗人抚今忆昔，感慨倍增，即作此诗送别友人。全诗可分为三个部分。

开头四句为第一部分。诗人用美丽神奇的想象，奇妙地表达了自己对过往在嵩山寻仙访道生活的眷念之情：我有座万古长存的住宅，就如同嵩山东山坡的玉女峰一样。我留下了一轮明月，挂在东溪边的松树上。

中间两句为第二部分。诗人想象杨山人回归嵩山后的浪漫生活，美慕之中又充满了浓郁的离别之情：你回到嵩山后，一定会去采摘仙草，还有那娇嫩美好的紫色菖蒲花。

结尾两句为第三部分。诗人由对好友的羡慕心生和好友一起去过求仙访道、啸傲山林的神仙般的生活愿望：晚些时候，我也许会去你那里拜访你，到时候我们一起骑着白龙，在湛蓝的天空中飘飘欲仙。

全诗别出心裁，想象神奇又豪放飘逸，并通过色彩鲜明的画面，把对友人送别之意、惜别之情完全表达了出来。

送友人

青山横北郭，白水绕东城①。
此地一为别，孤蓬万里征②。
浮云游子意，落日故人情。
挥手自兹去，萧萧班马鸣③。

【注释】

① 此二句言送别之地。青山：指敬亭山，在宣城北，树木葱茏。宣城是安徽的历史文化名城。大诗人谢朓做过宣城太守。

② 孤蓬：又名“飞蓬”，枯后根断，遇风吹散，飞转无定。此喻即将孤身远行之友人。

③ 萧萧：马鸣声。《诗经·小雅·车攻》：“萧萧马鸣。”班马：离群之马，喻人之分别。《说文》：“班：分瑞玉，从玨（jué）刀。”即刀置两玉之间，故为“分瑞玉”。引申有“分离”等义。春秋时，晋、鲁、郑伐齐，齐军夜间撤走。晋国大夫邢伯听到齐营马叫，曰：“有班马之声，齐师其遁。”（《左传·襄公十八年》）杜预注：“夜遁，马不相见，故鸣。班，别也。”王琦注李白此诗说：“主客之马将分道，而萧萧长鸣，亦若有离群之感。”

【赏析】

这首送别诗疑为诗人于天宝六载（747）所作，表达了诗人送别友人时的依依不舍之情与惜别之意。

开头两句，诗人诗意地点明告别友人的地点：青翠的敬亭山横亘在宣城之北，波光粼粼的江水绕城东流过。

三、四两句，诗人借孤蓬来比喻友人的漂泊生涯，表达了诗人对友人的深切关心：在此一别，你就要独自一人似蓬草那样开始万里的漂泊征程。

五、六两句，诗人营造分别时的寥廓背景，极写对友人离别的不舍：天上的云儿随风飘浮，就像你行踪不定、任意东西，天边的夕阳缓缓落下，不忍与大地告别，正如我对你的依依不舍之情。

结尾两句，诗人情意更切，借马鸣之声犹作别离之声，衬托离情别绪：挥手告别，你要从这里离去，我们的马也好似不忍离别而萧萧长鸣。

全诗流畅自然又不落俗套，委婉含蓄又有声有色，情感真挚而感人肺腑。

宣州谢朓楼饯别校书叔云[①]

弃我去者，昨日之日不可留；
乱我心者，今日之日多烦忧。
长风万里送秋雁，对此可以酣高楼。
蓬莱文章建安骨[②]，中间小谢又清发[③]。
俱怀逸兴壮思飞，欲上青天揽明月。
抽刀断水水更流，举杯消愁愁更愁。
人生在世不称意，明朝散发弄扁舟[④]。

【注释】

① 此诗题一作《陪侍御叔华登楼歌》。宣州：今安徽宣城。谢朓楼：又名北楼、谢公楼，在陵阳山上，谢朓任宣城太守时所建，并改名为叠嶂楼。李白于天宝十二载（753）由梁园（今河南开封）南行，秋至宣城。饯别：以酒食送行。校书：官名，即校书郎，掌朝廷图籍。叔云：李白叔叔李云。

② 蓬莱文章：指东观经籍。《后汉书·窦章传》："是时学者称东观为老氏藏室，道家蓬莱山。"李贤注："言东观经籍多也。蓬莱，海中神山，为仙府，幽经秘录并皆在焉。"此指汉代文章。建安骨：汉末建安（汉献帝年号，196—220）年间，"三曹"（曹操、曹丕、曹植）、"七子"（孔融、陈琳、王粲、徐幹、阮瑀、应玚、刘桢）之诗文以风骨遒劲著称，有慷慨悲凉之气，后人称之为"建安风骨"。

③ 小谢：指谢朓，字玄晖，南朝齐诗人。诗风清新，俊逸。后人以其与谢灵运并举，称为大谢、小谢。

④ 弄扁舟：用范蠡泛舟五湖事。参见《古风五十九首（选四）》其十八注⑮。

【赏析】

这首诗是诗人于天宝末年在宣城饯别族叔李云之作。诗人在诗中虽赞美对方文章之妙和自己诗兴之高，但从诗人极写烦忧苦闷来看，主要还是发泄自己怀才不遇的愤懑。

开头两句，诗人定下抒情的基调，表现出诗人心中起伏不平、极端烦懑的心境：一个个弃我而去的“昨日”不能被留下，一个个接踵而来的“今日”使我心中烦乱。

三、四两句，诗人从开头的极端苦闷突作转折，另开境界，用寥廓明净的秋空展现自己豪迈阔大的胸襟：万里长风吹送秋雁，面对此景，不由得激起我酣饮高楼的豪情逸兴。

五、六两句，抒写诗人的豪情逸兴触发诗人对对方和自家诗文的一番议论：曾经任蓬莱宫校书郎的你，文章有“建安风骨”，而我的文章就像谢朓的一样，清新秀逸。

七、八两句，诗人意气昂扬，豪情万丈，进一步渲染双方的意兴，颇有自负意味：我们彼此都怀有豪情逸兴，酒酣兴发，飘然欲飞，想登上青天揽取明月。

九、十两句，诗人似乎猛地从幻想中回到开头烦懑的现实，而且美好的幻想更加重了这种烦忧苦闷：抽出宝刀来想把水斩断，水却流得更急；举起酒杯想排遣愁思，愁闷却更加难解。

结尾两句，好像是诗人痛感现实和幻想无法调和，无可奈何地发的一句牢骚，再次证明了诗人的愁苦之深：在这尘世上感到如此不称意，明天我就要像范蠡一样，散开头发驾着小舟，无拘无束地去泛游江湖。

全诗境界壮阔，气概豪放，故诗中虽极写烦忧苦闷，但并不让人感到诗人人格精神阴郁低沉。

山中问答[①]

问余何意栖碧山[②]，
笑而不答心自闲。
桃花流水窅然去[③]，
别有天地非人间。

【注释】

① 诗题一作《山中答俗人》，又作《答俗人问》。

② 碧山：青翠苍绿之山。此当指湖北安陆白兆山，有桃花岩，其下有桃花洞，传为诗人读书处。唐玄宗开元十五年（727），诗人仗剑去国，辞亲远游，至安州（今安陆），居留十年之久。

③ 窅（yǎo）然：深远貌。

【赏析】

这首诗是诗人隐居碧山桃花岩时所作。诗人以问答的形式抒发了自己隐居生活的闲适的情趣，同时，也显示了诗人的矛盾心理。

前两句，表现出诗人营造神秘色彩，造成悬念，使诗文变幻曲折，摇曳生姿而引发读者的兴味：你问我为什么栖于碧山，我笑而不答，心中十分闲适。

后两句，其实是诗人对“何意栖碧山”的回答，因为碧山之美。但“非人间”也让我们体会到了诗人超脱现实时，对无法施展才华，实现政治抱负的满心的伤和痛：桃花随流水远去，这里的景致别有一番天地，远非世俗人间可比。

全诗质朴自然，悠然舒缓。虽然只有四句二十八字，但感情丰沛，蕴意幽邃。

以诗代书答元丹丘

青鸟海上来[1]，今朝发何处。
口衔云锦字，与我忽飞去[2]。
鸟去凌紫烟，书留绮窗前[3]。
开缄方一笑[4]，乃是故人传。
故人深相勖，忆我劳心曲[5]。
离居在咸阳，三见秦草绿。
置书双袂间，引领不暂闲。
长望杳难见[6]，浮云横远山。

【注释】

① 青鸟为西王母之使，故称传书人为青鸟使。

② 言以书与我，遽飞去也。

③ 左思《蜀都赋》：“列绮窗而瞰江。”吕向注：“绮窗，雕画若绮也。”陆机诗：“邃宇列绮窗，兰室接罗幕。”张铣注：“绮窗，窗为锦绮之文也。”

④ 缄：书信。

⑤ 勖（xù）：勉励。心曲：《诗经·国风》：“乱我心曲。”《韵会》：“怀抱曰心曲。”

⑥ 杳（yǎo）：渺茫；消失，不见踪影。

【赏析】

天宝三载（744），诗人的好友元丹丘给在长安拼搏的诗人来信，为诗人的政治仕途生活加油鼓劲，于是诗人就写了这首诗权作回信。

开头六句，诗人借古诗中常用的传书使者青鸟为喻，巧妙地交代了接到友人来书的事件：神仙的信使青鸟从海上飞来，现在又要去哪里呢？口里衔着如云霞一样华美的书信，交给我后又忽地飞走了。飞走的青鸟翱翔于紫色的烟霞之上，送来的书信就留在了雕饰华美的窗前。

中间四句，诗人借书信内容抒发友人元丹丘对诗人的一片深情：打开信封我不由得会心地笑了起来，这封信原来是老朋友发来的。在信中，老朋友一再情深意切地勉励我，说他因怀念我而心中充满了深深的忧伤。

结尾六句，诗人抒写他对友人的真挚怀念，抒发无法与老朋友相见的怅惘之情：与老朋友分别后我离群索居在长安，如今已三见秦地的草绿草黄。我把这封老朋友寄来的珍贵的书信藏在袖里，渴望见到友人，伸长了脖子眺望远方。伫望虽久，也不见老朋友的身影，只有浮云笼罩着远方的山冈。

这首诗清新俊逸，舒卷自如；变幻曲折，想象奇特；含蓄蕴藉，且无限愁思溢于言表。

答王十二寒夜独酌有怀[1]

昨夜吴中雪，子猷佳兴发[2]。
万里浮云卷碧山，青天中道流孤月。
孤月沧浪河汉清，北斗错落长庚明[3]。
怀余对酒夜霜白，玉床金井冰峥嵘[4]。
人生飘忽百年内，且须酣畅万古情。
君不能狸膏金距学斗鸡，坐令鼻息吹虹霓[5]。
君不能学哥舒横行青海夜带刀，西屠石堡取紫袍[6]。
吟诗作赋北窗里，万言不值一杯水。
世人闻此皆掉头，有如东风射马耳[7]。
鱼目亦笑我，请与明月同[8]。
骅骝拳跼不能食，蹇驴得志鸣春风[9]。
《折杨》《黄华》合流俗，晋君听琴枉《清角》[10]。
巴人谁肯和阳春[11]，楚地犹来贱奇璞[12]。
黄金散尽交不成，白首为儒身被轻。
一谈一笑失颜色，苍蝇贝锦喧谤声[13]。
曾参岂是杀人者？谗言三及慈母惊[14]。
与君论心握君手，荣辱于余亦何有？
孔圣犹闻伤凤麟[15]，董龙更是何鸡狗[16]！
一生傲岸苦不谐，恩疏媒劳志多乖[17]。
严陵高揖汉天子，何必长剑拄颐事玉阶[18]。
达亦不足贵，穷亦不足悲。

韩信羞将绛灌比，祢衡耻逐屠沽儿[19]。
君不见李北海[20]，英风豪气今何在！
君不见裴尚书[21]，土坟三尺蒿棘居！
少年早欲五湖去，见此弥将钟鼎疏[22]。

【注释】

① 王十二：事迹不详。王曾赠诗人《寒夜独酌有怀》诗，诗人以此作答。

② 用王子猷雪夜访戴安道事。以子猷拟王十二。子猷，即王子猷，名徽之，东晋琅邪临沂（今属山东）人。王羲之第五子。《世说新语·任诞》："王子猷居山阴（今浙江绍兴），夜大雪，眠觉，开室，命酌酒，四望皎然。因起仿偟，咏左思《招隐诗》，忽忆戴安道。时戴在剡，即便夜乘小船就之。经宿方至，造门不前而返。人问其故，王曰：'吾本乘兴而行，兴尽而返，何必见戴？'"

③ 王琦注："沧浪，犹苍凉，寒冷之意。"此有清凉之意。河汉：银河。长庚：星名，即金星。《诗经·小雅·大东》："东有启明，西有长庚。"

④ 床：井栏也。玉床金井：言其美丽之饰如玉金也。

⑤ 狸膏：狸肉所炼油脂，斗鸡时涂于鸡头之上，可令对方斗鸡闻到气味而畏惧后退。金距：鸡爪上套金属制品，可令鸡爪更锋利。鼻息吹虹霓：言斗鸡者气焰之盛。参见《古风五十九首（选四）》其二十四注④。

⑥ 哥舒：即哥舒翰，唐朝大将，突厥族哥舒部人。《太平广记》卷四九五《杂录》："天宝中，哥舒翰为安西节度，控地数千里，甚著威令，故西鄙人歌之曰：'北斗七星高，哥舒翰夜带刀。吐蕃总杀尽，更筑两重濠。'"西屠石堡：指天宝八载（749）哥舒翰强攻吐蕃之石堡城，在今青海西宁西南。《旧唐书·哥舒翰传》："吐蕃保石堡城，路远而险，久不拔。八载，以朔方、河

东群牧十万众委翰总统攻石堡城。翰使麾下将高秀岩、张守瑜进攻，不旬日而拔之。上录其功，拜特进、鸿胪员外卿，与一子五品官，赐物千匹，庄宅各一所，加摄御史大夫。”紫袍：唐朝三品以上官服。

⑦ 东风射马耳：犹漠不关心。

⑧ 明月：即明月珠，一种名贵珍珠。《文选》张协《杂诗》：“鱼目笑明月。”张铣注：“鱼目，鱼之目精白者也。明月，宝珠也。”此以鱼目混明月珠喻朝廷小人当道。

⑨ 骅骝（huá liú）：骏马，喻贤才。蹇（jiǎn）驴：跛足之驴，喻奸佞。

⑩《折杨》《黄华》：黄华又作皇华、黄花，皆古歌曲名。《庄子·天地》：“大声不入于里耳，《折杨》《皇荂》，则嗑然而笑。”《清角》：古曲名。传说此曲有德之君方可闻，否则必致灾祸。《韩非子·十过》载：“（晋）平公反坐而问曰：‘音莫悲于清徵乎？’师旷曰：‘不如清角。’平公曰：‘清角可得而闻乎？’师旷曰：‘不可……今主君德薄，不足听之；听之，将恐有败。’平公曰：‘寡人老矣，所好者音也，愿遂听之。’师旷不得已而鼓之。一奏，而有玄云从西北方起；再奏之，大风至，大雨随之，裂帷幕，破俎豆，隳廊瓦，坐者散走。平公恐惧，伏于廊室之间。晋国大旱，赤地三年。平公之身遂癃病。故曰：‘不务听治而好五音不已，则穷身之事也。’”

⑪ 宋玉《对楚王问》：“客有歌于郢中者，其始曰《下里巴人》，国中属而和者数千人；其为《阳阿》《薤露》，国中属而和者数百人；其为《阳春白雪》，国中属而和者不过数十人。”后因以“阳春白雪”指高雅音乐。

⑫ 此句用和氏璧典。《韩非子·和氏》：“楚人和氏得玉璞楚山中，奉而献之厉王。厉王使玉人相之，玉人曰：‘石也。’王以和为诳，而刖其左足。及厉王薨，武王即位，和又奉其璞而献之武王。武王使玉人相之，又曰：‘石也。’王又以和为诳，而刖其右足。武王薨，文王即位，和乃抱其璞而哭于楚山之下，三日三夜，泣

尽而继之以血。王闻之，使人问其故，曰：‘天下之刖者多矣，子奚哭之悲也？’和曰：‘吾非悲刖也，悲夫宝玉而题之以“石”，贞士而名之以“诳”，此吾所以悲也。’王乃使玉人理其璞而得宝焉，遂命曰‘和氏之璧’。”

⑬ 苍蝇：即青蝇。贝锦：谓锦文如水中介虫。并喻谗言诽谤者。《诗经·小雅》：“营营青蝇，止于樊。岂弟君子，无信谗言。”又：“萋兮斐兮，成是贝锦。彼谮人者，亦已大甚！”

⑭ 曾参：春秋鲁国人，孔子学生。《战国策·秦策二》：“昔者曾子处费，费人有与曾子同名族者而杀人。人告曾子母曰：‘曾参杀人。’曾子之母曰：‘吾子不杀人。’织自若。有顷焉，人又曰：‘曾参杀人。’其母尚织自若也。顷之，一人又告之曰：‘曾参杀人。’其母惧，投杼逾墙而走。”言谗言可畏也。

⑮ 伤凤麟：《论语·子罕》：“子曰：‘凤鸟不至，河不出图，吾已矣夫！’”《史记·孔子世家》：“鲁哀公十四年（前481）春，狩大野。叔孙氏车子鉏商获兽，以为不祥。仲尼视之，曰：‘麟也。’取之。曰：‘河不出图，雒不出书，吾已矣夫！’颜渊死，孔子曰：‘天丧予！’及西狩见麟，曰：‘吾道穷矣！’”

⑯ 董龙：《资治通鉴》卷一〇〇：“秦司空王堕性刚峻，右仆射董荣、侍中强国皆以佞幸进，堕疾之如仇，每朝，见荣未尝与之言。或谓堕曰：‘董君贵幸无比，公宜小降意接之。’堕曰：‘董龙是何鸡狗，而令国士与之言乎！’”胡三省注：“龙，董荣小字。”

⑰ 不谐：不能随俗。恩疏：君恩疏远。媒劳：引荐者徒费苦心。乖：事与愿违。

⑱ 东汉严光，字子陵，少与光武同游学。光武即位，变姓名隐身不见。帝令物色得之，除谏议大夫，不就。耕于富春山（在今浙江桐庐），后人名其钓处为严陵濑。《说苑》：“大冠若箕，长剑拄颐。”言剑之长上可及颐也。

⑲ 绛灌：谓绛侯周勃及灌婴也。《史记》："韩信为淮阴侯，居常鞅鞅，羞与绛、灌等列。"《后汉书》："建安初，（祢衡）来游许下……是时许都新建，贤士大夫四方来集。或问衡曰：'盍从陈长文、司马伯达乎？'对曰：'吾焉能从屠沽儿耶！'"

⑳ 李北海：唐李邕，为北海太守，豪放不治细行，卒以罪杖死。

㉑ 裴尚书：指裴敦复。玄宗时，敦复为刑部尚书，后与李邕皆坐柳勣事同时杖死。

㉒ 五湖：用范蠡泛舟五湖事。弥：更加。钟鼎：钟鸣鼎食，喻富贵。

【赏析】

诗人的朋友王十二将一首《寒夜独酌有怀》诗赠给诗人，诗人这首诗是答诗，大约写于天宝八载（749），突出反映了李白反权贵的精神。全诗可分四部分。

开头十句为第一部分。诗人设想王十二寒夜独自饮酒怀念自己的情景：昨天夜里吴中下了一场大雪，你像王子猷一样兴致勃发。浮云万里环绕着青山，天空的正中运转着一轮明亮的孤月。孤月苍凉清冷，银河清朗澄澈。北斗星错落纵横，金星晶莹明亮。白霜洒地的夜晚你独自饮酒思念我，井栏装饰华美的井台上结下了厚厚的冰层。人生百年不过是飘忽瞬间，姑且以畅饮美酒来寄托万古不灭的情怀吧。

紧接着六句为第二部分。诗人结合佞幸小人斗鸡投机取宠，穷兵黩武取势和王十二受冷遇的现象，抨击愚贤颠倒，是非混淆的现实：你不能学习那些专门钻营斗鸡耍弄小计的人，他们因斗鸡而得宠，气焰嚣张，飞扬跋扈。你不能学习那陇右武夫哥舒翰，跨马持刀，横行青海，血洗石堡城而穿上了三品以上的紫袍官服。你只能在北窗下面吟诗作赋，写了千言万语，在这世上不值一杯淡淡的清水。如今世人听说你吟诗作赋，都把头转了过去，就好像马的耳边吹过一阵东风那样漠不关心。

接下来十四句为第三部分。诗人用通俗的典故做比喻，揭露社会黑白不分，忠奸不辨，贤者遭诽谤，小人得志猖狂的现象，同时抒发自己遭受排挤、迫害的愤懑：鱼目混珠之辈居然也来嘲笑我，夸说他们的才能与明月珠一样。骏马般的贤能被压抑得不到温饱，而跛足驴般的小人却春风得意，世运亨通。《折杨》和《黄华》这样的曲子合乎世俗之人的胃口，像《清角》这样的琴曲，晋平公怎么有资格去欣赏。喜欢唱通俗歌曲的世俗之人，怎么肯应和曲调高雅的《阳春白雪》，楚国人从来就轻视珍奇的美玉。黄金散尽却没交到知音，白发苍苍的读书人一辈子都被世俗社会所轻视。一谈一笑之间就闻之令人失色，到处都可听到苍蝇一样的小人花言巧语，罗织罪名的谗谤声。曾参怎么会是杀人犯？可是接二连三的谣言还是使最信任他的母亲受到惊吓。

最后十八句为第四部分。面对这污浊的社会，诗人表明要谢绝官场，远离功名富贵：我握住你的手向你诉说我的心里话，对我来说，荣与辱又算得了什么，早已是身外之物了。听说孔圣人还感伤过凤凰和麒麟，谄媚皇上而得宠的董龙又是什么鸡和狗！我生性高傲苦于和世俗难以调和，君恩疏远，举荐者徒费苦心而事与愿违，壮志难酬。严子陵长揖不肯下拜汉家天子，我又何必身佩长剑去把皇帝侍候！显达不见得高贵，穷困也不值得忧伤。当年韩信羞与周勃、灌婴为伍，祢衡耻于交往屠沽小儿。君不见在李林甫的屠刀下，李北海当年杰出的作风和豪爽的气度如今在哪里！君不见裴尚书的土坟上已长满了高高的青蒿和荆棘！年轻时我就想学习范蠡漫游五湖，看到这些更想远离富贵功名。

全诗长达五十句，主题集中，层次井然，语言犀利，比喻生动，其抒情具有针对现实的议论性，显示出李诗的鲜明个性。诗中所表现的诗人的傲岸，正是诗人对当时权贵的蔑视，他揭露了权贵们肮脏的灵魂和血腥罪行，怒骂他们是鸡狗。诗人这种襟怀磊落，放荡不羁的精神，给这首诗披上一层夺目的光彩。

东鲁门泛舟二首[①]

其　一

日落沙明天倒开，
波摇石动水萦回。
轻舟泛月寻溪转，
疑是山阴雪后来[②]。

【注释】

① 东鲁：今山东兖州一带。《明一统志》：“东鲁门在兖州府城东。”

② 用王子猷雪夜访戴安道事。

【赏析】

这组诗当作于开元二十八年（740）诗人在兖州一带漫游时，均写诗人于东鲁门外泛舟的感受。

前两句，诗人奇妙地从夕阳余晖下沙洲泛光、天空倒映在水中到河水碧波萦绕回旋，给人造成河中石影浮动的错觉的描写中间接点明“泛舟”之事：太阳就要落山了，水中沙洲上的白沙泛着亮光，天空倒映在水中，河水碧波荡漾，让人产生错觉，感到水中的石影在浮动，流水绵绵萦绕回旋。

后两句，描写诗人轻舟泛月，乘兴而行，陶然心醉，忘怀一切，飘飘然如王子猷雪夜访戴：在泛着月光的河面上驾着小舟，随着溪水信流而行，乘兴而行就好比王子猷雪夜寻访戴安道。

全诗既写景色，又写情趣，寓逸兴雅致于优美景色中。

其　二

水作青龙盘石堤，
桃花夹岸鲁门西。
若教月下乘舟去，
何啻风流到剡溪[1]。

【注释】

① 啻（chì）：仅仅，只有。剡溪：又名戴溪，在今浙江嵊州曹娥江口。

【赏析】

前两句，诗人描绘出东鲁城郊月下的优美景色：河水像青龙一样环绕着石堤，流向桃花夹岸的东鲁门西边。

后两句，诗人体现出月下泛舟的爽意：假如在这晶莹月色中泛舟，王子猷雪夜访戴的潇洒又岂能比拟！

全诗妙用典故，凸显出无尽的诗意。展现了诗人闲适愉悦的心情和满怀豪情。

游泰山六首（选一）[1]

其一

四月上泰山，石平御道开[2]。
六龙过万壑[3]，涧谷随萦回。
马迹绕碧峰，於今满青苔。
飞流洒绝巘[4]，水急松声哀。
北眺崿嶂奇[5]，倾崖向东摧。
洞门闭石扇，地底兴云雷。
登高望蓬瀛，想象金银台。
天门一长啸，万里清风来[6]。
玉女四五人，飘飖下九垓[7]。
含笑引素手，遗我流霞杯[8]。
稽首再拜之，自愧非仙才。
旷然小宇宙，弃世何悠哉。

【注释】

① 泰山：五岳之一，又名岱宗，位于山东中部。

② 唐玄宗曾于开元十三年（725）东封泰山，故其上有御道。

③ 天子所御，驾六，故曰六龙。

④ 绝巘（yǎn）：高峰。西晋张协《七命》："登绝巘，溯长风。"

⑤ 崿嶂（è zhàng）：犹峰峦。南朝宋鲍照《自砺山东望震泽》诗：

"澜漫潭洞波，合沓崿嶂云。"

⑥《山东通志》：上泰山，屈曲盘道百余，经南天门，东西三天门，至绝顶，高四十余里。左思诗："长啸激清风。"

⑦ 郭璞诗："升降随长烟，飘飖戏九垓。"张铣注："九垓，九天也。"

⑧《抱朴子》载：项曼都入山学仙，十年而归家，曰："仙人但以流霞一杯与我，饮之辄不饥渴。"

【赏析】

这组诗作于天宝元年（742）四月诗人游泰山时，均是记游之作。诗人不仅记游山经历、感受，又写诗人因山势之高、景点名称之奇所引发的想象世界。这组诗采用奇妙的想象与夸张手法，表现了泰山的美丽与神奇，同时作品在幻境的描写中也流露出萦绕于诗人心底的因抱负无法实现而产生的矛盾彷徨情绪。本首诗是六首中的第一首。

开头六句，诗人先交代游山的时间，然后从遥思当年玄宗封禅时的盛景描写中形象地表现了泰山山势"高远"而曲折盘旋上升的生动情态：阳春四月登泰山，座座峰峦好像一扇扇屏风沿着皇帝开辟的御道次第打开。皇帝曾经乘坐六龙车辇翻越万千山壑，深涧、幽谷随着御道萦回曲折。围绕着座座碧峰，还遗留着御驾的马蹄痕迹，不过，现在已被青苔掩盖。

中间六句，诗人移步换景，描绘了沿途山水的奇险幽秘：峭壁悬崖上泉水飞流喷洒迸溅，急流的巨大轰鸣声融入松涛的呼啸声中。向北望去，山峦群峰险峻奇崛，处处悬崖仿佛要向东边倾倒下去一样。巨石如一扇石门将岩洞封掩起来，隐隐感觉到地底风雷涌起。

最后十二句，诗人面对眼前的景色，思绪仿佛进入了迷幻仙境：登上绝顶向东海眺望蓬莱仙岛，立刻想象到了传说中仙人居住的金银宫阙。站在南天门长啸一声，顿时感到四面的清风从万里之外徐徐吹来。恍惚中，似乎有四五个美丽的仙女，飘飘袅袅从九天飞下来。她们含着笑伸出细嫩白皙的纤纤玉手，将一杯璀璨的流霞仙酒赠送给我品尝。我急忙稽拜再三致礼，不是神仙而受此大恩让我很惭愧。我顿时感觉到，宇宙如此渺小，这尘世有什么值得眷恋的呢。

全诗想象诡谲奇妙，极度夸张，流露出诗人对污浊尘世的厌倦和对美好仙境的留恋。

下终南山过斛斯山人宿置酒[1]

暮从碧山下，山月随人归。
却顾所来径，苍苍横翠微[2]。
相携及田家[3]，童稚开荆扉[4]。
绿竹入幽径，青萝拂行衣[5]。
欢言得所憩，美酒聊共挥[6]。
长歌吟松风[7]，曲尽河星稀[8]。
我醉君复乐，陶然共忘机[9]。

【注释】

① 终南山：又名太乙山，秦岭山脉一部分，在今陕西西安南。有“洞天之冠”“天下第一福地”之誉，唐时士子多隐居于此山。过：拜访。斛（hú）斯山人：复姓斛斯的隐士。

② 翠微：山色青翠。此指终南山。

③ 相携：下山时路遇斛斯山人，携手同去其家。田家：田野山村人家，此指斛斯山人家。

④ 荆扉：荆条编扎的柴门。

⑤ 青萝：树上攀缠之藤蔓。

⑥ 挥：此指举杯。《礼记·曲礼》：“饮玉爵者弗挥。”

⑦ 松风：古曲名，即《风入松》。此处亦有歌声随风而入松林之意。

⑧ 河星稀：银河中星光淡弱，意谓夜色已深。

⑨ 陶然：欢乐貌。忘机：忘却世俗机巧之心，意谓自甘恬淡与世无争。

【赏析】

这首田园诗的创作时间，一种说法是作于诗人两入长安中供奉翰林时的某次，写月夜去长安南面的终南山造访一位叫斛斯的隐士；另一种说法是作于天宝十一载（752）春，时诗人 52 岁，正隐居终南山。全诗描写暮色苍茫中的山林美景和田家庭院的恬静，流露出诗人的称羡之情。

开头四句，诗人描写傍晚下山途中终南山的景色，从中透露出诗人自己精神振奋，游兴未足：傍晚从终南山上走下来，山头天空中悬挂的明月好像随着我的脚步一起下山归来。回头望望走过的山间小路，山林苍苍茫茫一片青翠横亘在我的身后。

中间四句，诗人描写了一个令诗人艳羡和陶醉其中的隐士所处的深邃幽静的自然家园，使诗人仿佛感到，绿竹青萝像有情之物，都在欢迎他的到来：遇斛斯山人携手一起去他家，孩童急忙出来打开柴门。走进绿色的竹林掩映的幽静小路，青色的女萝藤蔓拂拭着行人的衣裳。

最后六句，描写诗人与斛斯山人饮酒交欢的场景，以及抒发诗人要远离污浊世俗的感慨：欢言笑谈得到放松休息，畅饮美酒宾主频频举杯。酒酣后我们放声高歌，歌声和松林的涛声交织在一起，一曲唱罢，已是月明星稀的深夜了。我快乐地畅饮至酒醉，你也非常高兴，其乐融融使我们自甘恬淡，与世无争，忘却了计较之心，远离了世俗的巧诈和虚伪。

全诗一改诗人的一些饮酒诗中，豪气冲天、喷薄涌泻溢于纸上的风格，显然是受到陶潜田园诗的影响。全诗以“暮”开头，为“宿”开拓。相携欢言，置酒共挥，长歌松风，赏心悦目而至陶醉忘机。诗文色彩鲜明，神情飞扬，均是诗人真情实感的流溢。

把酒问月[①]

青天有月来几时？我今停杯一问之。
人攀明月不可得，月行却与人相随。
皎如飞镜临丹阙，绿烟灭尽清辉发[②]。
但见宵从海上来，宁知晓向云间没？
白兔捣药秋复春[③]，嫦娥孤栖与谁邻[④]？
今人不见古时月，今月曾经照古人。
古人今人若流水，共看明月皆如此。
唯愿当歌对酒时[⑤]，月光长照金樽里。

【注释】

① 原注：故人贾淳令余问之。

② 丹阙：赤色宫门。指宫廷。绿烟：蔽月光之云雾。

③ 参见《古朗月行》注④。

④ 嫦娥：本作姮娥，西汉时避文帝刘恒讳改称嫦娥，又作常娥。中国神话人物、后羿之妻。因偷食后羿自西王母处所得不死药而奔月。民间多有其传说以及诗词歌赋流传。

⑤ 当歌对酒：曹操《短歌行》："对酒当歌，人生几何？"

【赏析】

这首诗作于何时目前没有定论，有人认为作于唐玄宗天宝三载（744）。全诗诗人以纵横恣肆的笔触，从多侧面、多层次描摹了孤高的明月形象，通过海天景象的描绘以及对世事推移、人生短促的慨叹，展现了作者旷达博大的胸襟和飘逸潇洒的性格。

开头两句，诗人起笔突兀，劈头一问摄起全篇，极富气势感：苍茫的青天上有一轮明月高悬着，它究竟起于何时呢？我现在放下手中的酒杯仰天向它发问。

三、四两句，诗人惟妙惟肖地描绘明月既高不可攀，又与人类亲近的奇妙感：人类想攀上高悬的明月显然是不可能做到的，但是，明月的行走却与人类紧紧相随。

五至八句，是诗人对皎洁月色之美的细描，并将月亮难以稽考的神秘形象展现于读者面前：皎洁的月亮如飞升的明镜照临宫阙，围绕着明月的云翳散尽后发出清冷的光辉。我们只看见月亮每晚从东海上升起，谁又能知道它为啥早晨隐没在云雾间？

九、十两句，诗人承接上面两句而对月亮的神秘传说浮想联翩，似乎流露出诗人自己孤苦的情怀：住在月亮上面的白兔从春到秋，年复一年不辞辛劳地捣药，孤单独处的嫦娥又与谁为邻呢？

十一至十四句，诗人由上面对孤月的遐思引发一番人生哲理的感慨，把人生短暂之意渲染得淋漓尽致、荡气回肠：现在的人见不到古时候的月亮，然而，现在的月光却曾经光照古时候的人。古人和今人如流水般地消逝，但他们共同看到的月亮都是如此一般。

结尾两句，诗人的思绪海阔天空地驰骋一番后，端起问月时放下的酒杯，表达出自己的人生感喟：我希望在高歌酣酒之时，皎洁的月光能长久地照耀在精美的酒杯里。

全诗感情饱满奔放，语言流畅自然，极富回环错综之美。诗人在塑造一个崇高、永恒、美好而又神秘的月亮形象时，也显露着一个孤高出尘的诗人自我，情理并茂，富有很强的艺术感染力。

陪族叔刑部侍郎晔及中书贾舍人至游洞庭五首①

其　一

洞庭西望楚江分②，
水尽南天不见云。
日落长沙秋色远③，
不知何处吊湘君④。

【注释】

① 刑部侍郎：刑部次官，掌管法律、刑狱等事务。晔：李晔，曾任刑部侍郎，肃宗乾元二年（759）四月，以事忤宦官李辅国，贬岭南县尉。中书舍人：官名，中书省掌制诰之官。中书贾舍人至：即中书舍人贾至，诗人，乾元年间贬岳州（今湖南洞庭湖一带）司马。

② 楚江：长江入楚地称楚江。

③ 长沙：指长沙郡。治所在今湖南长沙，距洞庭约三百里。

④ 湘君：湘水之神。或云舜之二妃娥皇、女英死于江湘之间，俗谓之湘君。

【赏析】

这组诗是诗人的一组七绝。乾元二年（759）秋，诗人与被贬谪的李晔、贾至同游洞庭湖，作诗记游。这组诗中，诗人生动地描绘了洞庭湖明丽的秋景，也显示出诗人渴望重返长安的愿望。

前两句，诗人描写洞庭湖的宏阔景象：向西眺望，长江水到洞庭湖就分流了，江水尽头的南天上万里无云。

后两句，诗人描写洞庭湖秋色涵盖之远，抒发缅怀古人之情，也有为两位迁客即景兴叹的意味：夕阳西下，落日下的长沙郡秋色浓重邈远，但不知道在湘江的何处可以吊慰湘水之神娥皇和女英。

全诗写景之笔空灵无滞，吊湘君亦幽邈之思，可谓神行象外矣。

其　二

南湖秋水夜无烟①，
耐可乘流直上天②。
且就洞庭赊月色，
将船买酒白云边。

【注释】

① 南湖：指洞庭湖。在长江之南，故称。

② 耐可：犹可，安得。

【赏析】

前两句，诗人描绘清秋时节，月夜南湖澄澈如画的迷人景色，使人心旷神怡：南湖的秋水，在空明澄澈的月夜中无水雾缭绕，就好像可以乘着清流直通银河上青天。

后两句，诗人别出心裁地运用拟人化手法，描写泛舟湖上赏月饮酒之乐，充满奇情异趣：姑且把洞庭湖赊买给月宫嫦娥，再驾船到白云边上买桂花酒去。

全诗即景发兴，景中含情，情中见景；真景实情，互相映发；想象奇特，内涵丰富，妙机四溢，有悠悠不尽的情韵。

其　三

洛阳才子谪湘川①，
元礼同舟月下仙②。
记得长安还欲笑，
不知何处是西天③。

【注释】

① 洛阳才子：指贾谊。晋潘岳《西征赋》："终童山东之英妙，贾生洛阳之才子。"此指贾至。至亦洛阳人，故云。

② 元礼：东汉李膺字。《后汉书·郭太传》："郭太，字林宗……乃游于洛阳。始见河南尹李膺，膺大奇之，遂相友善，于是名震京师。后归乡里，衣冠诸儒送至河上，车数千两。林宗唯与李膺同舟而济，众宾望之，以为神仙焉。"此以李膺拟李晔。

③ 西天：指长安。桓谭《新论》："人闻长安乐，则出门西向而笑。"此二句言思念长安。

【赏析】

前两句，诗人运用典故表达对两位迁客的礼赞和遭贬的同情，形象且贴切：贾至，你就像洛阳才子贾谊被贬到湘江；李晔，你和我就像李膺与郭林宗泛舟月下，恍似神仙。

后两句，诗人表达了自己对长安的思念和对自身遭遇的不满：现在思念长安时心里就觉得好笑，大概连长安在哪里都不知道了。

全诗借古说今，语调沉郁，感情苦涩，充满了彷徨无依的失落感。

其　四

洞庭湖西秋月辉，
潇湘江北早鸿飞。
醉客满船歌白纻[1]，
不知霜露入秋衣。

【注释】

① 白纻：古乐府也，盛称舞者之美，言宜及时行乐。

【赏析】

前两句，诗人描绘了一幅洞庭湖秋景图：在洞庭湖的西边，天空中的一轮秋月散发着清冷的光辉，湘江北面早有鸿雁在翩翩飞舞。

后两句，诗人以醉客作乐却不知霜露已降来表达三人意绪的苍凉：满船月下泛舟的醉客高歌《白苎》曲而乐不知返，却不知衣服上早已落满了秋霜。

全诗藏情于景，含思无限，耐人寻味。

其　五

帝子潇湘去不还[1]，
空馀秋草洞庭间。
淡扫明湖开玉镜，
丹青画出是君山[2]。

【注释】

① 帝子：指尧女娥皇、女英。屈原《九歌·湘夫人》：“帝子降兮北渚，

目眇眇兮愁予。”

② 君山：在洞庭湖之北部，昔二妃居于此，号曰湘君，故名君山。一说，昔秦始皇欲入湖观衡山，遇风浪至此山上泊，因号焉。

【赏析】

前两句，诗人借“帝子”点明洞庭湖的意蕴之美，表达一种人生难以完美的感慨：娥皇和女英离开潇湘之后就再也没有回来，只留下秋天的荒草在洞庭湖间。

后两句，诗人以奇妙的比喻来形容洞庭湖君山的美丽：明净的洞庭湖，好像一面拂去灰尘的玉镜，君山耸立在湖中，宛如丹青画出的一幅图画。

全诗空灵明净，表现出诗人超脱于尘世之外的皎洁明净的心境。

九月十日即事

昨日登高罢，
今朝更举觞①。
菊花何太苦，
遭此两重阳②？

【注释】

① 觞（shāng）：古代酒器。

②《岁时杂记》："都城重九后一日宴赏，号小重阳。"菊以两遇宴饮，两遭采掇，故云。

【赏析】

这首诗是诗人于宝应元年（762）秋重阳节后一日在当涂（今安徽当涂）龙山登高之作。诗人刚于前一日登过一次龙山，并作《九日龙山饮》诗，这是第二次登龙山，故诗人感叹菊花连续两天遭到采摘，并联想到自己两入长安，都遭到政治上的重创。

前两句，诗人交代重阳两登龙山宴饮之事：昨天重阳刚登上龙山宴饮，今天又在这里举起了酒杯。

后两句，诗人借题发挥，以菊花之苦倾诉自己仕途屡遭挫败的不平：菊花为何这样痛苦，遭受两个重阳采掇的折磨？

全诗语虽平淡，内涵却十分深沉，表现了诗人仕途屡遭打击所引发的愤懑情绪。

登金陵凤凰台[①]

凤凰台上凤凰游，凤去台空江自流。
吴宫花草埋幽径[②]，晋代衣冠成古丘[③]。
三山半落青天外[④]，一水中分白鹭洲[⑤]。
总为浮云能蔽日[⑥]，长安不见使人愁。

【注释】

① 凤凰台：故址在今江苏南京。《江南通志》："凤凰台在江宁府城内之西南隅，犹有陂陀，尚可登览。宋元嘉十六年（439），有三鸟集山间，文彩五色，状如孔雀，音声谐和，众鸟群附，时人谓之凤凰；起台于山，谓之凤凰台。"

② 吴宫：三国时吴国建都金陵，故称。

③ 晋代：东晋亦建都金陵。衣冠：指豪门贵族，达官显贵。

④ 三山：山名，在今江苏南京西南。《建康志》："三山，在城西南五十七里，周围四里，高二十九丈。"《舆地志》："其山积石森郁，滨于大江，三峰排列，南北相连，故号三山。"

⑤ 一水：一作"二水"。白鹭洲：古代长江中沙洲，洲上多集白鹭，故名。今已与陆地相连。位于今江苏南京西南。

⑥ 浮云蔽日，喻谗臣当道。陆贾《新语·慎微》："邪臣之蔽贤，犹浮云之障日月也。"

【赏析】

这首诗是诗人为数不多却脍炙人口的七言律诗之一。一说是诗人作于天宝年间奉命"赐金还山"，被排挤离开长安，南游金陵时；一说是作于流放夜郎遇赦返回后。

开头两句，诗人以美丽的凤凰悠游和凤去台空来象征金陵六朝的兴盛和衰败：凤凰台上曾经有凤凰来悠游，如今凤去台空只有江水依旧不停地向东奔流。

三、四两句，诗人进一步将笔触伸向古时风云激荡的时代，加重了历史变迁的深沉感：吴国昔日繁华的宫殿早已被荒草野花覆盖，而晋代曾经显赫一时的世族业已成为古木土丘中的作古之人。

五、六两句，诗人将沉重的目光从历史的变迁中收回，投向大自然的奇观异景：三山在云中若隐若现如落青天外，一江流水被白鹭洲一分为二成两条河流。

结尾两句，诗人从对历史和自然的感慨中回归眼前残酷的现实社会，发泄胸中忠而见弃、报国无门的愤懑：总有谗臣当道犹如浮云遮天蔽日，登台眺望不见长安心中郁闷忧愁不已。

全诗贯古穿今，跨越时空，悲慨之气令人怦然心动；诗人感悟沧桑，感怀自我，凸显遭遇挫折和打击的无奈和愤慨。

望庐山瀑布二首[①]

其　一

西登香炉峰，南见瀑布水[②]。
挂流三百丈，喷壑数十里。
欻如飞电来，隐若白虹起[③]。
初惊河汉落，半洒云天里[④]。
仰观势转雄，壮哉造化功。
海风吹不断，江月照还空[⑤]。
空中乱潨射[⑥]，左右洗青壁。
飞珠散轻霞，流沫沸穹石[⑦]。
而我乐名山，对之心益闲。
无论漱琼液[⑧]，且得洗尘颜。
且谐宿所好，永愿辞人间[⑨]。

【注释】

① 庐山：又名匡山，匡庐山。中国名山之一。在今江西九江南部，耸立于鄱阳湖、长江之滨。

② 香炉峰：峰名。庐山香炉峰有四，一在山北东林寺南，称北香炉峰；一在山南秀峰寺后，称南香炉峰；一在吴障岭东，称小香炉峰；一在凌霄峰西南，称香炉峰。此诗所指当为南香炉峰。黄宗羲《匡庐游录》："至文殊塔，其峰视金轮而差小，南望正与瀑布相对。

数千丈之奇，如在尺幅。青玉峡中，诚为管窥矣。双剑、香炉、姊妹、龟背、犀牛诸峰环列……以予观之，文殊塔一峰，乃古之所谓香炉峰耳。太白诗：‘西登香炉峰，南见瀑布水。’又云：‘日照香炉生紫烟，遥看瀑布挂前川。’此峰正在瀑布之西，登此峰而望瀑布，正在其南。若今之所谓香炉峰者，悬隔一山，瀑布全然不见，太白何所取义而云耶？若言山北之香炉峰，其峰于庐山为东，登之亦无瀑布，可见不相涉也。”

③ 欻（xū）：忽然，迅速。飞电：空中闪电，一作“飞练”。隐若：一作“宛若”。

④ 一作“半泻金潭里”。

⑤ 江月：一作“山月”。

⑥ 潨（cóng）射：众流汇合喷射而下。

⑦ 穹石：高大山石。

⑧ 琼液：琼浆玉液，仙人所饮。此指山中清泉。

⑨ 此二句一作“集谱宿所好，永不归人间”，又作“爱此肠欲断，不能归人间”。

【赏析】

这两首诗作于何时尚有争议，一般认为是开元十三年（725）前后诗人游庐山时所作。从第一首诗中，可以看出诗人思想中孤傲遁世的一面。

开头两句，诗人交代眺望庐山瀑布的立足点和方向：从西边登上庐山的香炉峰，向南望见飞瀑一挂悬于峭壁。

中间十四句，诗人用各种形象从不同角度形容瀑布的壮伟气势，将庐山瀑布写得壮观雄健，洒脱不羁：水流直下达三百丈，沿着山谷咆哮着奔涌前行几十里。瀑流飞奔落下快如闪电，隐约之中弥漫着飞溅扬起的如白虹般水雾。乍以为是九天银河从天上落在人间，弥漫飘洒好似半山云雾缭绕。仰观瀑布那气势真雄奇啊，这雄壮之作完全是神灵的造化之功。纵有强劲的海风也吹不断这瀑流，在山间明月的映照之下，瀑流更显明澈。飞溅的水流在空中汇合喷射而下，冲刷洗濯着左右两侧青崖石壁。水珠迸射散发彩色霞光，飞沫扬起好似在高大的巨石上沸腾。

最后六句，抒写诗人的志趣和愿望：我本来就最爱游赏名山，面对此景心胸更宽广。不必像饮服琼浆玉液一样成仙，这山间清泉足以洗涤尘世的污垢了。恰好与自己一生的所好吻合，我愿永远居于此地，远离人间尘世。

这首五言古诗奔放空灵，形神兼备；想象丰富，奇思纵横；气势恢宏，感情奔放，透露出诗人无拘无束、率性自由的心态。

其　二

日照香炉生紫烟，
遥看瀑布挂前川[①]。
飞流直下三千尺，
疑是银河落九天[②]。

【注释】

① 此二句一作“庐山上与星斗连，日照香炉生紫烟”。前川：一作“长川”。

② 九天：一作“半天”。古人以为天有九重，九天乃最高层，九重天，即天空最高处。此句极言瀑布落差之大。

【赏析】

这首诗相较于第一首诗，写得更为简洁，更富有表现力，故而流传很广。

前两句，诗人运用浪漫主义手法，先为瀑布创造仙境缥缈的氛围，再将瀑布飞奔而下的气势展现出来：日光照着香炉峰，峰顶升起一片紫色的云霞，远远望去，瀑布像一条白帘挂在山川之间。

后两句，诗人别出心裁，将惊心动魄的飞瀑写得神形毕现，展现了诗人洒脱不羁、义无反顾的气质：瀑布飞流直下，仿佛有三千尺高，就像是银河水从天而降。

全诗四句二十八字，却纵意驰骋，情感激切；尺幅之内，大开大合，显示出诗人独有的胆识和文采。

望庐山五老峰[1]

庐山东南五老峰，
青天削出金芙蓉[2]。
九江秀色可揽结[3]，
吾将此地巢云松[4]。

【注释】

① 五老峰：庐山东南部峰名，石山耸峙，突兀雄伟，如五老并肩而立，故名。为庐山胜景之一。诗人曾隐于峰下九叠屏。

② 削出：言五老峰峭拔险峻。芙蓉：莲花。喻山峰秀丽。

③ 揽结：收取。

④ 巢云松：隐居于白云青松之间。《方舆胜览》卷十七引《图经》："白性喜名山，飘然有物外志。以庐阜水石佳处，遂往游焉。卜筑五老峰下，有书堂旧基。后北归，犹不忍去，指庐山曰：'与君再会，不敢寒盟，丹崖绿壑，神其鉴之。'"

【赏析】

这首诗也是诗人吟咏庐山美景的一首佳作。诗人以远望五老峰的视角，将其险峻的景致描绘得形象生动，别具一格，淋漓尽致。

前两句，诗人交代了五老峰的地理位置，并运用奇特的比喻形容自然的鬼斧神工和五老峰的险峻美丽：五老峰坐落于庐山的东南方向，宛如青天削出的一朵盛开的金色莲花。

后两句，描写五老峰周围秀丽的景色，触发了诗人的出世思想：

在五老峰顶上，九江一带的秀丽景色尽收眼底，好像可以随手采掇到一样，我将要在这里隐居于白云青松之间。

全诗想象奇特、夸张，笔意轻浅却情趣丰富，读来张力十足。

鹦鹉洲[①]

鹦鹉来过吴江水[②]，江上洲传鹦鹉名。
鹦鹉西飞陇山去[③]，芳洲之树何青青[④]。
烟开兰叶香风暖，岸夹桃花锦浪生。
迁客此时徒极目[⑤]，长洲孤月向谁明。

【注释】

① 《通鉴》注云："鹦鹉洲在江夏（今属湖北武汉）江中。三国时祢衡作《鹦鹉赋》于此洲，因以为名。"王琦云："鹦鹉洲……尾亘黄鹄矶，明季为水冲没，遂不可见。"

② 吴江：此借指流经湖北武汉一带的长江。

③ 陇山：山名，在今陕西。相传鹦鹉出于此。

④ 芳洲：芳草丛生水中之处也。《楚辞》："采芳洲兮杜若。"

⑤ 迁客：被贬谪之人。此诗人自谓。

【赏析】

鹦鹉洲是江夏的名胜，得名与祢衡的《鹦鹉洲》密切相关。这首诗当作于上元元年（760）诗人遇赦巴陵之游后回到江夏时，诗人通过对鹦鹉洲的秀丽春景的描绘，抒发了对祢衡悲惨命运的痛惜之情，也包含了诗人自己饱经颠沛流离之苦的孤寂心情。

前四句，诗人一语双关，以鹦鹉暗喻祢衡，"鹦鹉西飞"实际上是诗人表达对祢衡被杀的无限惋惜之情：传说中的鹦鹉曾经飞到吴江这里来，这江中的小洲上还流传着鹦鹉的美名。如今，鹦鹉早已向西面飞到陇山去了，而芳草萋萋的鹦鹉洲上为何仍然碧树青青。

后四句，描写诗人虽身处百花盛开、花香四溢的温暖春天，但心中却充满了吊古伤今的沉痛感情：鹦鹉洲花团锦簇如轻烟笼罩，嫩绿的兰叶伴着花香使人感受到春天的温暖，鲜艳夺目的桃花在两岸盛开，花朵落入江水中把波浪染得像层层锦缎一般。我这被贬谪之人此时只有极目远望，洲上的一轮孤月啊，你究竟是为谁夜夜长明。

全诗虚实并用，一唱三叹，惋惜之情溢于言表；感情深沉，意境浑融，气势流转自如，匠心别具。

秋登宣城谢朓北楼[①]

江城如画里，山晚望晴空。
两水夹明镜，双桥落彩虹[②]。
人烟寒橘柚，秋色老梧桐。
谁念北楼上，临风怀谢公[③]。

【注释】

① 谢朓：南朝齐著名山水诗人。参见《宣州谢朓楼饯别校书叔云》注①。

② 两水：指宛溪、句溪，绕城合流。双桥：一名凤凰，一名济川，隋开皇中建。见《宣州图经》。

③ 谢公：即谢朓。

【赏析】

这首诗创作时间与《宣州谢朓楼饯别校书叔云》相近，天宝十二载（753）、十三载（754）诗人两度来宣城，此诗当作于其中一年的中秋节后。此时的诗人被“赐金放还”，一直处于飘游四方的生活。诗文描写谢朓楼的美丽景色，同时，也抒发了对先贤的追慕之情。

开头两句，诗人将登楼所见的景色展现了出来：地处江边的宣城美丽的景色就像画中一样，山色渐晚，我登上谢朓楼远眺晴空。

三、四两句，诗人开始诗意化地勾勒登楼所见的奇秀之景：两条溪水汇合绕城曲流像一面明亮的镜子，两座桥倒映水中如同天上落下的彩虹。

五、六两句，诗人描写美景中掩饰不住的秋意秋色，勾勒出深秋的轮廓：橘林柚林浸染在令人感到丝丝寒意的炊烟之中，秋色渐浓，梧桐树叶也已泛黄衰老。

结尾两句，紧扣诗题并与开头两句呼应，点明诗人登高怀古的情绪：除了我还有谁会想着登上谢朓北楼，迎着萧萧秋风来怀念谢先生呢？

全诗起承转合，一气呵成。语言清新优美，格调淡雅脱俗，抒情委婉蕴藉，意境高远清丽。

望天门山[①]

天门中断楚江开[②]，
碧水东流至此回。
两岸青山相对出，
孤帆一片日边来。

【注释】

① 天门山：在今安徽和县与芜湖长江两岸，东为博望山，亦名东梁山，西为梁山，亦名西梁山。两山夹江对峙，形同门户，合称天门山。

② 楚江：即长江。战国时长江中下游一带属楚国，故名。

【赏析】

这首七言绝句作于开元十三年（725），诗人初出巴蜀乘船赴江东行至天门山时。此诗描写诗人舟行江中溯流而上，远望天门山的情景，赞美了大自然的神奇壮丽，展示了诗人乐观豪迈，自由洒脱，无拘无束的精神风貌。

前两句，诗人描写天门山的雄奇壮观和江水怒吼奔流的气势：天门山隔江对峙，有如连山中断，楚江得从缺处通过。江水奔腾而来，碧波连天，怒吼着向东流去，经过天门山的狭窄信道时，又激起无数的回旋。

后两句，诗人描绘从两岸青山夹缝中望过去的远景，叙事中饱含着诗人自己的豪迈激情：两岸青山迎面而立，一叶小舟，从水天相接处驶来，宛如来自那冉冉升起的朝阳里。

全诗意境优美壮阔，气魄雄伟豪迈，语言形象生动，给人一种新鲜的意趣。

望木瓜山[①]

早起见日出，
暮见栖鸟还。
客心自酸楚，
况对木瓜山。

【注释】

① 木瓜山：山名。在今湖南常德东。清王琦辑注《李太白全集》：“《一统志》：木瓜山在常德府城东七里。李白谪夜郎过此，有诗云云。又《江南通志》：木瓜山，在池州府青阳木瓜铺，杜牧求雨处。今尚有庙。二处皆太白常游之地，未知孰是？”

【赏析】

这首五言绝句一说是诗人天宝十三载（754）游览池州，在青阳望木瓜山所作；另一说木瓜山位于湖南常德府城东七里，李白谪夜郎过此而作。此处取后说，描写诗人触景生情，抒发自己穷途潦倒、去国离乡而倍感酸楚的感情。

前两句，诗人描绘了一幅忧伤感怀图，抒发了自己的孤寂心声：早晨起来看见太阳升起，傍晚时分看见归鸟还巢。

后两句，诗人流露出去国离乡、无可奈何的酸楚情感：身在异乡的我内心本已酸楚，何况还面对着木瓜山。

全诗语言凝练，意甚含蓄，通过氛围的渲染，加深了诗人客居的忧伤悲愁的酸楚之感。

登敬亭山北二小山余时送客逢崔侍御并登此地①

送客谢亭北②，逢君纵酒还。
屈盘戏白马③，大笑上青山。
回鞭指长安，西日落秦关。
帝乡三千里，杳在碧云间。

【注释】

① 敬亭山：在今安徽宣州水阳江畔。原名昭亭山，晋初为避文帝司马昭讳，改称敬亭山。诗人多次登临此地，留有不少诗句。

② 谢亭：又称谢公亭。在宣城城北，南朝齐诗人谢朓任宣城太守时所建。因谢朓曾在此送别朋友，谢亭遂成为宣城著名送别之地。

③ 屈盘：曲折回旋。左思《吴都赋》：“洪桃屈盘，丹桂灌丛。”

【赏析】

这首五言律诗作于天宝十四载（755）诗人安家敬亭山时，全诗写出了诗人与崔侍御共同的爱好与情趣，也抒发了诗人的思乡之情。

开头两句，直接交代与崔侍御相遇的地点、时间和人物状态，为下面叙写友谊做铺垫：我刚刚在敬亭山北边的谢公亭送走客人，就遇到了开怀畅饮的你归来。

三、四两句，诗人写两人相遇后的亲密无间的状态：我们骑着白马，大声谈笑地走在曲折回旋的山道上。

五、六两句，诗人借用典故比喻两人之间深厚的友谊，同时，也抒发了自己的思乡情绪：回过头，将马鞭指向京城长安方向，西下的太阳却落在了秦关上。

结尾两句，诗人深深地表达了自己归乡无望、报国无门的遗憾：这里离长安虽然只有三千里的距离，可感觉要回到长安却渺茫得比登上蓝天上的白云还难。

全诗感情兴发，特点鲜明；情思流动，奔涌而出，欢游之中又掩饰不住愁肠百结，让人叹为观止。

客中作

兰陵美酒郁金香[1]，
玉碗盛来琥珀光[2]。
但使主人能醉客，
不知何处是他乡。

【注释】

① 兰陵：古代名邑。治所在今山东南部苍山境内。郁金香：香草名。古人用以浸酒，浸后酒色金黄。后以郁金香为酒名。

② 琥珀：一种树脂化石，呈黄色或赤褐色，色泽晶莹。此喻美酒色泽如琥珀。

【赏析】

这首诗作于诗人开元年间漫游东鲁之时，是一首饮酒诗，表现了诗人豪迈洒脱的精神境界。但诗人怡情自然，怀才自负的背后，似乎也隐藏着一丝借酒浇愁的思乡之情。

前两句，诗人一扫作客他乡的悲愁情绪，盛赞酒美，愉悦之情溢于言表：作客兰陵，喝着用郁金香浸过的美酒，香醇可口。酒盛在晶莹润泽的玉碗里，看上去犹如琥珀的光泽。

后两句，描写诗人面对主人的盛情款待的内心感受，表达中隐含了漂泊异乡的愁情：只要主人你能与我一起尽情欢醉，我就会乐而不觉身处异乡了。

全诗语意绮丽丰赡，形象潇洒飘逸，充分表现了李白豪放洒脱而又多愁善感的个性。

早发白帝城

朝辞白帝彩云间[①]，
千里江陵一日还[②]。
两岸猿声啼不住，
轻舟已过万重山。

【注释】

① 白帝：即白帝城，在今重庆奉节城东白帝山上。杨齐贤注："白帝城，公孙述所筑。初，公孙述至鱼复，有白龙出井中，自以承汉土运，故称白帝，改鱼复为白帝城。"王琦注："白帝城，在夔州奉节县，与巫山相近。所谓彩云，正指巫山之云也。"

② 江陵：今湖北荆州。从白帝城到江陵约一千二百里，其间包括七百里三峡。郦道元《水经注》："自三峡七百里中，两岸连山，略无阙处。重岩叠嶂，隐天蔽日，自非停午夜分，不见曦月。至于夏水襄陵，沿溯阻绝，或王命急宣，有时朝发白帝，暮到江陵，其间千二百里，虽乘奔御风，不以疾也。春冬之时，则素湍绿潭，回清倒影，绝巘多生怪柏，悬泉瀑布，飞漱其间，清荣峻茂，良多趣味。每至晴初霜旦，林寒涧肃，常有高猿长啸，属引凄异，空谷传响，哀转久绝。故渔者歌曰：'巴东三峡巫峡长，猿鸣三声泪沾裳。'"

【赏析】

这首诗是诗人乾元二年（759）流放夜郎、途经白帝城遇赦时所作。诗人在诗中把遇赦后愉快的心情和江山的壮丽多姿、顺水行舟的流畅轻快融为一体来表达了。

前两句，从彩云环绕白帝城和舟行迅捷的描写中可以看出诗人遇赦后不能自抑的喜悦得意情绪：早晨辞别彩云环绕的白帝城，千里之外的江陵城一天就到了。

后两句，诗人用猿声不止和轻舟过万重山的快捷，再次酣畅淋漓地抒发自己愉快轻松的心情：两岸山上猿猴的啼声没有间断过，而我的小船顺流而下，轻快便捷，转眼间就驶过了万重高山。

全诗运用夸张和想象的手法，写得流丽飘逸，气势豪迈，且随心所欲，灵动洒脱，不事雕琢，自然天成，回味悠长。

秋下荆门[①]

霜落荆门江树空，
布帆无恙挂秋风[②]。
此行不为鲈鱼鲙[③]，
自爱名山入剡中[④]。

【注释】

① 荆门：山名，在今湖北宜都西北的长江南岸，隔江与虎牙山对峙，战国时为楚国的西方门户。《水经注·江水》卷三十四："江水又东历荆门、虎牙之间，荆门在南，上合下开，暗彻山南。有门像，虎牙在北，石壁色红，间有白文，类牙形，并以物像受名。此二山，楚之西塞也。"

② 布帆无恙：喻旅途平安。《晋书·顾恺之传》："恺之好谐谑，人多爱狎之。后为殷仲堪参军，亦深被眷接。仲堪在荆州，恺之尝因假还，仲堪特以布帆借之，至破冢，遭风大败。恺之与仲堪笺曰：'地名破冢，真破冢而出。行人安稳，布帆无恙。'还至荆州，人问以会稽山川之状。恺之云：'千岩竞秀，万壑争流。草木蒙笼，若云兴霞蔚。'……恺之每食甘蔗，恒自尾至本。人或怪之。云：'渐入佳境。'"又见《世说新语·排调》。

③ 参见《行路难三首》其三注⑩。

④ 剡中：今浙江嵊州，境内多名山佳水。参见《秋浦歌十七首》其六注①。

【赏析】

这首诗作于开元十三年（725）诗人第一次出蜀远游时。诗人秋日出游充满了愉悦之情，并借景抒情，表达自己的豪情与心志。

前两句，诗人先描绘秋景，再借用顾恺之舟行遇险的典故点明自己出游途中一路平安，凸显出无比乐观欣慰的心情：秋天的荆门山上落满了白霜，草木零落，天地一片空阔。秋风中，挂帆行驶在开阔的江面上，一帆风顺。

后两句，诗人反用张翰的典故，表明了自己意欲饱览祖国山河而不惜远走他乡的决心：我这次行程不是像西晋的张翰因为思念家乡而辞官返乡，而是因为热爱大自然，便欣然前往山水佳丽的剡中一带。

全诗笔势灵活又自然浑成，风格典雅又豪放飘逸，妙用典故又不露痕迹，艺术表现颇具特色。

苏台览古[①]

旧苑荒台杨柳新，
菱歌清唱不胜春[②]。
只今惟有西江月[③]，
曾照吴王宫里人[④]。

【注释】

① 苏台：即姑苏台，春秋时吴王阖闾所造，故址在今江苏苏州西南。参见《乌栖曲》注②。

② 菱歌：江南女子采菱之歌。

③ 西江：即长江。

④ 吴王宫里人：指西施。或指吴王夫差宫中嫔妃。

【赏析】

这首诗作于天宝初年诗人游姑苏台时。诗人通过对姑苏台今昔变化的描写，表达了对昔盛今衰的感慨之情。

前两句，诗人描写今日所见景象，抒发古今异变，今非昔比的感慨：吴苑残破，苏台荒废，只有杨柳依然岁岁柳色常新，在无限的春光中，回荡着江南女子采菱之歌的旋律。

后两句，诗人抒发了古今盛衰的历史喟叹，凸显出一种痛苦绝望的情绪：如今只有那悬挂在从西边流过来的大江上的那轮明月，曾经照见过吴宫的繁华和美人西施。

全诗伤今思古，重写今日之荒凉，暗示昔日之繁华；语意凄婉，旨意幽深。

越中览古[1]

越王勾践破吴归，
战士还家尽锦衣。
宫女如花满春殿，
只今惟有鹧鸪飞[2]。

【注释】

① 越中：指会稽，今浙江绍兴。

② 参见《山鹧鸪词》注③。

【赏析】

这首诗是诗人游览会稽山时所作。公元前494年，越王勾践被吴王夫差打败。勾践回国后，卧薪尝胆，终于在前473年报仇雪恨，一举将吴国灭了。这首诗就是以此事为蓝本而写的怀古诗。

前两句，诗人点明题意，呼应诗题，并将胜利者的骄傲和喜悦神情展现了出来：越王勾践把吴国灭了后凯旋，得胜回朝的战士们尽数锦衣绣服。

后两句，诗人讽刺得胜的越王沉溺于艳姿美色，将亡国之耻抛诸脑后，过往的繁华盛世都成过眼烟云：曾经如花儿一般娇艳的宫女，充满了越王勾践的宫殿；如今在越王宫殿的旧址上空，却只有几只鹧鸪飞来飞去了。

全诗笔力雄健，对照强烈，挥洒自如，凸显主旨，充分体现了诗人变化多端的艺术技巧。

夜泊牛渚怀古[1]

牛渚西江夜，青天无片云。
登舟望秋月，空忆谢将军[2]。
余亦能高咏，斯人不可闻[3]。
明朝挂帆席[4]，枫叶落纷纷。

【注释】

① 题下原注："此地即谢尚闻袁宏咏史处。"《太平寰宇记》："牛渚山在太平州当涂县（今属安徽）北三十五里，突出江中，谓为牛渚矶，古津渡处也。"《淮南记》："吴初以周瑜屯牛渚。晋镇西将军谢尚亦镇此城。袁宏时寄运船泊牛渚。尚乘月泛江，闻运船中讽咏，遣问之，即宏诵其自作咏史诗，于是大相叹赏。"

② 谢将军：即谢尚。

③ 斯人：亦指谢尚。

④ 挂帆席：扬帆启航。一作"洞庭去"。古代帆或以席为之，故名帆席。

【赏析】

这首怀古诗是诗人失意时在当涂所作，诗中充满了自己才华不能像袁宏得到谢尚的赏识的孤寂、惆怅的情绪。

开头两句，诗人展现了一幅空阔悠远、静穆澄明的秋夜图景，为下面的怀古做铺垫：皓月朗照下的西江牛渚山迤逦静谧。青冥的天空中没有一丝游云。

三、四两句，描写在古今相似的空阔渺远的景色中，诗人自然地触发的怀古情绪：我登上小船仰望月色澄明如水的秋月，不曾想徒然地怀想起东晋赏识袁宏的谢尚将军。

五、六两句，诗人抒发自己怀才在胸却没有像谢尚将军那样的人赏识的惆怅：我也能够像袁弘那样高声咏诵，可惜的是，谢尚将军已经不可能再来倾听了。

结尾两句，诗人表达要离开无奈之地，并以秋色秋声来进一步烘托自己因不遇知音而引起的寂寞凄清的情怀：明早我将挂起船帆离开这里，秋风飒飒中的枫叶纷纷飘飞零落。

全诗结构层次分明，波澜起伏；诗意明朗，情思有致；意境高远，令人回味。

月下独酌四首（选一）

其　一

花间一壶酒，独酌无相亲。
举杯邀明月，对影成三人。
月既不解饮，影徒随我身。
暂伴月将影[①]，行乐须及春。
我歌月徘徊，我舞影零乱。
醒时相交欢，醉后各分散。
永结无情游[②]，相期邈云汉[③]。

【注释】

① 将：和，与。

② 无情游：忘却世情之游。

③ 相期：相待。邈：遥远。云汉：银河。

【赏析】

诗人以饮酒为题的诗歌众多，有盛宴聚饮，有与人对饮，也有独酌的。这组诗可以说是诗人独酌诗中的代表作，主要描写诗人在月夜花下独酌，无人亲近的冷落情景，体现了诗人怀才不遇的寂寞和孤傲，以及在失意中依然旷达乐观、放浪形骸、狂荡不羁的豪放个性。这首诗约作于天宝三载（744）诗人被“赐金放还”之前，流传最广。此时诗人屡遭排挤谗毁，政治失意的他孤寂忧愁。

开头两句，诗人即营造了一人独酌的孤清意境：拎着一壶酒漫步在花丛中，没有亲朋好友，只好自斟自酌。

三、四两句，诗人异想天开地、无奈地邀请明月和自己的影子一起饮酒，想借以摆脱深重的孤独感：我举起了酒杯，邀请天上的明月，连同月光下我的影子，“三人”举杯共酌。

五、六两句，诗人悲叹明月和影子的无情：但明月又不会饮酒，影子也是徒然跟随于我。

七、八两句，描写虽然明月与影子是无情之物，但无可奈何的诗人只能暂时借它们作为摆脱孤独、自我宽慰的工具：暂且与这明月和影子为伴吧，在这春暖花开的时节，我要及时行乐。

九至十二句，虽是描写诗人半醉半醒中与月、影交欢，但给读者的感觉却是诗人更加深重的孤独无依感：我歌唱时，月儿徘徊，似乎在倾听佳音；我醉舞时，影儿零乱，仿佛欲与我共舞。醒时“三人”互相取悦，直到我醉了才无奈分别。

结尾两句，描写诗人无法驱遣排解现实中的孤寂，只能将希望寄托于与月、影共游仙境时，遁世的寄意一目了然：我愿与月、影这些无情之物永远结伴，相约在窈邈的仙境神游。

全诗跌宕起伏，摇曳生姿；想象奇妙，情思深婉；构思新颖，别具神韵。

清溪半夜闻笛[1]

羌笛梅花引[2]，
吴溪陇水情[3]。
寒山秋浦月，
肠断玉关声。

【注释】

① 清溪：参见《秋浦歌十七首》其二注②。

② 羌笛：长一尺四寸，汉武帝时丘仲所作，因出于羌中，故名。梅花引，即《梅花落》曲名，见前注。

③ 陇水情："情"一作"清"。陇水：参见《猛虎行》注②。

【赏析】

这首五言绝句是诗人天宝十三载（754）游秋浦（今安徽贵池）时所作。此诗揭露了战乱给百姓造成的深重灾难，也表达了诗人忧国思乡、怀才不遇、报国无门的复杂情愫。

前两句，诗人描绘了一幅羌笛声声哀怨、陇头流水幽咽的荒凉凄美画，联系诗人自己的处境，从而引发了悲愁之情：羌笛声声吹出《梅花落》的曲子，哀怨婉转使人仿佛在这吴溪感受到陇头流水般的悲苦之情。

后两句，诗人抒发征夫征战之苦、思乡之痛，也表达诗人自己去国离乡的忧愁：在这清辉月光照耀下的秋浦寒山，也回响着令人肠断的边关之声。

全诗风格苍凉悲壮，笔调低沉伤痛，表现征战之苦、思乡之愁。

夏日山中

懒摇白羽扇[①]，
裸袒青林中[②]。
脱巾挂石壁，
露顶洒松风。

【注释】

① 《太平御览》卷七〇二引晋裴启《语林》：“诸葛武侯与宣王（司马懿）在渭滨将战，武侯乘素舆，葛巾，白羽扇，指挥三军，三军皆随其进止。”

② 裸：露出，没有遮盖。袒（tǎn）：脱去上衣，露出身体一部分。裸袒即脱衣露体，此指诗人不拘礼法的形态。

【赏析】

这首五言绝句描写的是夏日中生活的场景，体现了诗人豪放不羁，豁达爽快的形象。

前两句，诗人描绘了一幅生动的夏日消闲图景，表现诗人悠然自得，不拘礼法的形象：因为山中清风徐徐，我懒得摇动白羽扇来祛暑；因为人烟稀少，我就脱去衣服，袒露着身体沐浴在青翠的山林中。

后两句，诗人表达了自己无拘无束，向往自然的愿望：解下头巾，挂在山中的石壁上；露出头顶，任由松林间的凉风从头上吹过。

全诗无拘无束，真实贴切，旷达潇洒，凸显出诗人不为礼法所拘的魏晋风度。

山中与幽人对酌[①]

两人对酌山花开，
一杯一杯复一杯。
我醉欲眠卿且去[②]，
明朝有意抱琴来。

【注释】

① 幽人：幽居之人，指隐士。

②《宋书·隐逸传》："（陶）潜不解音声，而畜素琴一张，无弦，每有酒适，辄抚弄以寄其意。贵贱造之者，有酒辄设。潜若先醉，便语客：'我醉欲眠，卿可去。'其真率如此。"

【赏析】

这首诗表现了一种随心所欲、恣情纵饮、不拘礼节的人生态度，展现出一个具有高度个性化、超凡脱俗的艺术形象。

前两句，诗人点明对酌的地点和幽美的环境，并渲染开怀畅饮的场景：我们两人在盛开的山花丛中对酌，一杯一杯又一杯，酣畅淋漓，乐意开怀。

后两句，诗人运用典故，表现了一种随心所欲，恣情纵饮的人生态度：我喝醉了就想要睡觉，你可自行离开，如果余兴未尽，明天早晨抱着琴再来。

全诗词采飞扬，率然天真，兴会淋漓，自然有味，展现了诗人不拘礼节，自由随便的形象。

春日醉起言志

处世若大梦，胡为劳其生？
所以终日醉，颓然卧前楹[1]。
觉来眄庭前[2]，一鸟花间鸣。
借问此何时？春风语流莺。
感之欲叹息，对酒还自倾。
浩歌待明月，曲尽已忘情。

【注释】

① 颓然：意兴阑珊貌。

② 眄（miǎn）：斜视。陶渊明《归去来兮辞》：“引壶觞以自酌，眄庭柯以怡颜。”眄，一作“盼”。

【赏析】

这首诗作于何时尚无定论。疾恶如仇，性情孤傲的诗人屡遭排挤和打击，内心十分苦闷而常常借酒浇愁，此诗就是他醉诗中的一首。

开头四句，诗人通过醉酒表达对丑恶现实的痛恨：人生在世如一场大梦，有什么必要辛劳终生。所以我整天沉醉在酒里，醉倒就如一堆烂泥卧倒在庭前的柱子旁。

中间四句，诗人一觉醒来，醉眼蒙眬中，展现在眼前的，仿佛是一个春光明媚，超凡脱俗的新境界，表达了诗人对美好世界的向往之情：梦醒时分，我向庭中看去，一只鸟儿正在花丛中飞鸣。请问这是到了什么时候？春风正在与流莺低声细语。

最后四句，诗人感慨眼前美好的一切似乎难以置信，希望自己永远沉醉其中：对此我真想发一通感慨，但还是对酒自饮自倾。高歌一曲邀请天上的明月，一曲终了我沉醉忘情，久久沉浸在无忧无虑的世界里。

全诗流丽酣畅，豪放旷达，深受陶渊明《饮酒》诗风的影响，但又不像陶诗那样沉静淡泊，保持了诗人的豪放旷达，无拘无束的风格。

与史郎中钦听黄鹤楼上吹笛

一为迁客去长沙①，
西望长安不见家。
黄鹤楼中吹玉笛，
江城五月落梅花②。

【注释】

① 迁客：被贬之人。此用西汉贾谊事。《史记·屈原贾生列传》：“于是天子（文帝）议以为贾生（贾谊）任公卿之位。绛、灌、东阳侯、冯敬之属尽害之，乃短贾生曰：‘雒阳之人，年少初学，专欲擅权，纷乱诸事。’于是天子后亦疏之，不用其议，乃以贾生为长沙王太傅。”

② 江城：谓江夏城。落梅花：古曲调名，汉乐府《横吹曲》有《梅花落》，此处活用。

【赏析】

这首诗的创作时间尚有争议，有人认为是诗人乾元元年（758）流放夜郎，途经江夏（今属湖北武汉，下同）时游黄鹤楼所作；也有人认为是诗人乾元二年（759）遇赦东归，途经江夏时所作。当时好友史郎中在江夏陪同诗人游览了黄鹤楼。兴会之余，诗人写下了这首诗。

诗中抒发了诗人满腔的迁谪之感和去国之情。

前两句，诗人倾吐贬谪的失望之感和无奈心绪，抒发了眷念朝廷的情怀：就像西汉贾谊受冤贬官长沙，我也以“附逆”的罪名被流放夜郎。朝西边的长安望去，哪里是我的家呀！

后两句，诗人借景抒情，巧借笛曲的乡愁情韵和梅花飘落营造的凄凉氛围，渲染自己寥落的愁情：听到黄鹤楼上吹奏《梅花落》的笛声，感到格外凄凉，仿佛五月的江城都在飘洒着漫天的梅花。

全诗借景抒情，结构独特；妙合无垠，令人神往。

独坐敬亭山[①]

众鸟高飞尽，
孤云独去闲。
相看两不厌，
只有敬亭山。

【注释】

① 参见《登敬亭山北二小山余时送客逢崔侍御并登此地》注 ①。

【赏析】

这首五言绝句作于诗人天宝十二载（753）秋游宣州时。表面上看，此诗写的是诗人寄情山水，实则是散发他的愤世之情。诗人的孤独与怀才不遇的情怀，只能在大自然中寻求安慰与寄托。

前两句，写诗人独坐所见。在一个无鸟无云的空阔世界，诗人的孤独感被陡然放大：鸟儿们高飞远去，无影无踪，寂寥长空中一片彩云也不愿停留，渐飘渐远。

后两句，写诗人独坐所感。诗人高调地把敬亭山引为知己，不动声色地透露出自己俗世遇冷，横遭寂寞之袭的苦闷之情：我凝视着秀丽的敬亭山，敬亭山仿佛也在默默地看着我，我们彼此望着对方，似乎永远看不够。这世上能与我像这样无语交流心迹的朋友，也许只有敬亭山吧。

全诗情景交融，想象奇妙；主题深刻，意境高远。

访戴天山道士不遇[1]

犬吠水声中，桃花带露浓。
树深时见鹿，溪午不闻钟。
野竹分青霭[2]，飞泉挂碧峰。
无人知所去，愁倚两三松[3]。

【注释】

① 戴天山：又名大匡山或大康山，在今四川江油。上有大明寺，开元中李白读书于此寺。

② 青霭：山中云气。此句谓野竹时见于青霭之中。

③ 谢灵运《于南山往北山经湖中瞻眺》诗："舍舟眺迥渚，停策倚茂松。"

【赏析】

这首诗是诗人十八九岁时在戴天山大明寺中读书时所作。此诗主要描写诗人游戴天山的所闻所见，生动形象地再现了道士的优美生活环境。

开头两句，诗人展现出一派超尘拔俗的桃源景象：淙淙泉水声中夹杂着隐隐犬吠，带露盛开的桃花显得浓艳可爱。

三、四两句，诗人极写山中之幽静，并暗示道士不在道观中：在沉寂的山林深处，时常可以看到悄然出没的麋鹿；走到溪边，时已正午，还听不见道观里的钟声。

五、六两句，诗人四下环顾戴天山，细细品味起眼前白色飞泉与青碧山峰相映成趣的景色来：绿竹与山上青色的云气汇成一体，飞流而下的泉水仿佛是挂在青碧山峰上。

结尾两句，诗人感情随势流转，抒发不遇道士的惆怅：不知这戴天山的道士哪儿去了，我只好倚在三两棵松树下怅然若失地等待。

全诗真实自然，生动形象，风格清丽，色彩鲜明，充满着年轻人的朝气与孜孜以求的探索精神。

忆东山二首[1]

其　一

不向东山久，
蔷薇几度花。
白云还自散，
明月落谁家。

【注释】

① 东山：在今浙江上虞，为东晋谢安早年隐居之地。“东山再起”之典故源于此。宋施宿《嘉泰会稽志》卷九：“东山……晋太傅谢安所居也，一名谢安山。岿然特立于众山间，拱揖蔽亏，如鸾鹤飞舞。其巅有谢公调马路，白云、明月二堂址。千嶂林立，下视沧海，天水相接，盖绝景也。下山出微径，为国庆寺，乃太傅之故宅。旁有蔷薇洞，俗传太傅携妓游宴之所。”

【赏析】

这两首诗是诗人天宝初年在京待诏翰林时所作。当时诗人虽身在京城，却并没有获得谢安那样大展雄才的机会。这组诗表明了诗人在仕途受阻时，开始向往东山，仰慕谢安，对于权势禄位无所眷恋的思想。

前两句，诗人饱含着光阴虚度，壮怀莫展的感慨：我已经很久没有回东山去了，不知昔日种在洞旁的蔷薇几度花开花落了。

后两句，诗人抒发自己的内疚情感，表明自己身在京城却毫无作为，辜负了那儿的白云明月：环绕在白云堂的朵朵白云是不是仍然时聚时散，而那明月堂前皎洁的明月也不知落入了谁家的庭院中。

全诗自然随意，毫无拘束之态。

其　二

我今携谢妓[①]，
长啸绝人群。
欲报东山客[②]，
开关扫白云。

【注释】

① 谢妓：妓女。李贺《牡丹种曲》“檀郎谢女眠何处”王琦注：“谢女，旧注以为谢道蕴，盖以才子才女并称耳。然唐诗中有称妓女为谢女者，大抵因谢安石蓄妓而起，始称谢妓，继则改称谢女，以为新异耳。”

② 东山客：指谢安。

【赏析】

前两句，诗人高调告白，自己要像谢安那样隐居东山，远离污浊的世俗社会：我现在要像谢安一样携领东山歌舞妓隐居东山，长啸一声远离世人。

后两句，诗人再次表达了对谢安的隐居生活的向往：我想要告诉像谢安那样隐居东山的隐士们，为我打开蓬门，扫去环绕在山径上的朵朵白云。

全诗率然天真，无拘无束，展现了诗人豪放旷达的性格。

听蜀僧弹琴[①]

蜀僧抱绿绮[②]，西下峨眉峰。
为我一挥手[③]，如听万壑松[④]。
客心洗流水[⑤]，余响入霜钟[⑥]。
不觉碧山暮，秋云暗几重。

【注释】

① 蜀僧濬：即蜀地僧人名濬者。事迹不详，疑为诗人《赠宣州灵源寺仲濬公》诗中之仲濬公。

② 绿绮：琴名。晋傅玄《琴赋序》："齐桓公有鸣琴曰号钟，楚庄王有鸣琴曰绕梁，中世司马相如有琴曰绿绮，蔡邕有琴曰焦尾，皆名器也。"

③ 挥手：指弹琴。嵇康《琴赋》："伯牙挥手，钟期听声。"

④ 万壑松：以万壑松声比喻琴声。琴曲有《风入松》。

⑤ 客：诗人自谓。流水：《列子·汤问》："伯牙善鼓琴，钟子期善听。伯牙鼓琴，志在高山。钟子期曰：'善哉！峨峨兮若泰山！'志在流水，钟子期曰：'善哉！洋洋兮若江河！'伯牙所念，钟子期必得之。"

⑥ 霜钟：指钟声。《山海经·中山经》：丰山"有九钟焉，是知霜鸣"。郭注："霜降则钟鸣，故言知也。"

【赏析】

这首诗约作于天宝十二载（753）诗人在宣城（今属安徽）期间。诗人极写蜀地一位僧人弹琴出神入化，技艺高妙。同时，诗人在赞美琴声美妙的同时，也寓有知音的感慨和对故乡的眷恋。

开头两句，诗人交代地点及僧人身份和其豪爽的精神状态，并表达了对此人的倾慕和敬佩：蜀地僧人抱着名贵的琴，从西边的峨眉山上下来。

三、四两句，诗人正面描写僧人弹琴，并用万壑松涛的轰鸣声来比喻琴声，凸显琴声的铿锵有力：他为我挥手弹一曲，就像万壑松涛的声音。

五、六两句，诗人写了琴声的宏远之势后，再写僧人琴声的逸韵悠扬，余音缭绕并使自己的尘心净化的一面：我的尘心杂念被优美的琴声洗净了，神清气爽；琴声渐远渐弱，好像与薄暮里山上的钟声共鸣。

结尾两句，诗人描写自己陶醉在技艺高妙的琴声中，竟然感觉不到时光的流逝，凸显了诗人的愉悦感和满足感：不觉之间，青山已笼上一层暮色，秋空暗淡，布满了重重云彩。

全诗对仗用典，安排巧妙；语若贯珠，清新明快；境界高远，移人心性。

咏邻女东窗海石榴①

鲁女东窗下，海榴世所稀。
珊瑚映绿水②，未足比光辉。
清香随风发，落日好鸟归。
愿为东南枝，低举拂罗衣。
无由一攀折，引领望金扉③。

【注释】

① 海石榴：即石榴。因其自海外传入，故名。

② 晋潘岳《河阳庭前安石榴赋》："似长离之栖邓林，若珊瑚之映绿水。"

③ 金扉：富贵华丽之门户。

【赏析】

这首五言咏物诗作于开元二十五年（737）。

开头两句，诗人赞美鲁女和海石榴，认为二者在自己心中皆是世上稀有之物：美丽的鲁地女郎的东边的窗下，种植着一株世上罕见的海石榴。

三、四两句，诗人以红花绿水相互映衬的画面，暗寓着鲁女丽质脱俗的意蕴：倒映在绿水中像珊瑚一样明艳的海石榴花朵，散发着任何东西所不能与之相比的光辉。

五、六两句，诗人突出海石榴花的清香，进一步凸显鲁女与海石榴的稀有珍贵：海石榴散发的清香随风飘洒，落日时分鸟儿纷纷回到树上的巢穴。

七、八两句，凸显诗人对海石榴、鲁女“痴情”的另一种表达：我愿化作海石榴树上那东南方向的花枝，垂首去轻拂你的绣花衣裙。

结尾两句，讲述诗人“痴情”之心被理智所熄灭，流露出诗人内心的衷曲难以表露：可惜啊，我无法和你一起去攀折海石榴花枝，只好引颈翘望你那富贵华丽的门扉。

全诗心思微妙、细腻，感情真挚、强烈，是众多咏诵石榴诗歌中的佳作。

劳劳亭[1]

天下伤心处，
劳劳送客亭。
春风知别苦，
不遣柳条青[2]。

【注释】

① 劳劳亭：在今江苏南京，古时送别之所。吴置，亭在劳劳山上。

② 古人春天送别，有折柳赠行之俗。或因“柳”与“留”谐音，可以表示挽留之意。

【赏析】

这首五言绝句作于何时尚没有定论，疑似为天宝八载（749）诗人漫游金陵时所作。此诗虽有送别之意，却无送别之人与事，只是因地起意，借景抒情，以亭为题来表达人间的离别之苦。

前两句，诗人直点题旨，将送别诗意推到了高峰：我认为天下最让人伤心的地方，莫过于这座送别客人的劳劳亭了。

后两句，诗人陡转笔锋，另辟诗境，反用古时折柳送别的习俗，让春风也不忍看到人间折柳赠行的场面而变得有知有情：无知无情的春风此时似乎也知道人间离别的痛苦，所以才不去催促这柳条儿发发芽返青。

全诗明快自然，清新俊逸；造意新巧，想象奇特。

嘲鲁儒[①]

鲁叟谈五经，白发死章句[②]。
问以经济策[③]，茫如坠烟雾。
足著远游履，首戴方山巾[④]。
缓步从直道，未行先起尘。
秦家丞相府，不重褒衣人[⑤]。
君非叔孙通，与我本殊伦[⑥]。
时事且未达，归耕汶水滨[⑦]。

【注释】

① 鲁：春秋时鲁国，在今山东南部。鲁儒：鲁地儒生。

② 五经：指五部儒家经典，即《诗》《书》《礼》《易》《春秋》。章句：分析古书章节、句读。

③ 经济策：指治国策略。经济：经世济民。

④ 著（zhuó）：穿。远游履（lǚ）：鞋名。方山巾：古代儒生之冠。或名“方山冠”。

⑤ 秦家丞相：指李斯。李斯建议秦始皇焚书，不用儒生。见《史记·李斯列传》。褒衣：古代儒生所穿一种宽大衣服。褒衣人：指儒生。

⑥ 汉叔孙通为博士，说高祖曰：“臣愿征鲁诸生，与臣弟子共起朝仪。”于是叔孙通使征鲁诸生三十余人。鲁有两生不肯行，曰：“今天下初定，死者未葬，伤者未起，又欲起礼乐。礼乐所由起，积德百年而后可兴也。吾不忍为公所为——公所为不合古，吾不行。公往矣，无污我！”叔孙通笑曰：“若真鄙儒也，不知时变。”

遂与所征三十人西。(《史记》)

⑦ 汶水：即大汶河，在今山东。汶水滨：指鲁儒故乡。

【赏析】

这是一首讽刺诗，大约作于开元末年诗人游东鲁时。此诗以辛辣的笔调，淋漓尽致地刻画了腐儒行动迂阔、装腔作势，只会死读经书、不懂治国之策的丑恶形象。

开头四句，诗人嘲笑“鲁叟”只知读死书，不懂经国济世之策：鲁地那些白发苍苍的老叟言必称《五经》，其实都是死守章句，徒然将圣贤之书背得滚瓜烂熟。如果向他们请教一下经国济世的方略，他们就会如坠烟雾，茫然不知所以。

五至八句，诗人以漫画笔法，活灵活现地描摹鲁地腐儒的迂腐形象：他们脚穿精美考究的远游履，头上戴着象征古代儒生的软帽。从容不迫、风度翩翩地走在大道上，还没抬脚，就掀起了一片尘土，弄得四周乌烟瘴气。

九至十二句，诗人与“鲁叟”做切割，表明自己不耻与这样的人为伍：正如古代秦国丞相李斯不重用儒生那样，你们也将得不到朝廷的器重，我虽然崇奉儒学，但你们也不是达于时变的通儒叔孙通，和我原本就不是同流。

结尾两句，诗人奉劝“鲁叟”停止装腔作势，若无真才实学，不如回家去种田：既然你们对什么适合时代的形势一窍不通，那就回到你们的家乡大汶河之滨去躬耕吧。

全诗采用了以古喻今和对比的写法，讽刺辛辣而形象，显示了诗人高超的艺术水平。

从军行

百战沙场碎铁衣，
城南已合数重围。
突营射杀呼延将①，
独领残兵千骑归。

【注释】

① 突营：突围。呼延：古代匈奴族四大姓之一。《后汉书·南匈奴列传》："单于姓虚连题。异姓有呼衍氏、须卜氏、丘林氏、兰氏四姓，为国中名族，常与单于婚姻。呼衍氏为左，兰氏、须卜氏为右，主断狱听讼，当决轻重，口白单于，无文书簿领焉。"《姓氏考略》："匈奴四族呼衍氏，入中国改为呼延氏。"

【赏析】

这首七言绝句诗人以疏简传神的笔墨，歌颂了边塞将士浴血奋战，保家卫国的爱国主义精神，也从侧面凸显了诗人欲建功立业，报效国家的愿望。

前两句，诗人塑造一位身经百战又身陷绝境的将军形象：边塞战斗中，戎马一生、身经百战的将军，护身的铁甲衣早已破碎了，此时，城池南面唯一的退路也被敌人设下重围。

后两句，诗人表现了将军临危不惧，奋力拼杀的气概：将军单骑进击，突进敌军营垒，射杀呼延大将，杀开血路，突出重围，率领残兵千骑而归。

全诗气势磅礴，沉雄悲壮，又哀婉动人地把英雄的精神与气概表现得异常鲜明而突出。

春夜洛城闻笛[1]

谁家玉笛暗飞声，
散入春风满洛城。
此夜曲中闻折柳[2]，
何人不起故园情！

【注释】

① 洛城：即洛阳，今属河南。

② 折柳：即《折杨柳》笛曲，乐府“鼓角横吹曲”调名，内容多写离情别绪。胡仔《苕溪渔隐丛话后集》卷四：“《乐府杂录》云：笛者，羌乐也。古典有《折杨柳》《落梅花》。故谪仙《春夜洛城闻笛》……杜少陵《吹笛》诗：‘故园杨柳今摇落，何得愁中曲尽生？’王之涣云：‘羌笛何须怨杨柳，春风不度玉门关。’皆言《折杨柳》曲也。”

【赏析】

这首七言绝句作于开元二十三年（735）诗人客居洛阳时。此诗表现了夜深人静时，哀怨、婉转、动人的笛声勾起了诗人的思乡之情。

前两句，诗人描写笛声随春风而传遍洛阳城：春夜里，不知谁家的笛曲暗自从房间飞出来，飘散在春风之中，弥漫了整个洛阳城。

后两句，诗人因闻笛而勾起思乡之情：在这个夜晚，我听到了这曲《折杨柳》，不禁想起了离乡时亲友折柳送行的情景，这怎能不让我涌起浓浓的思乡之情啊！

全诗出语自然，意远字精；情真意切，感人至深。

陌上赠美人

骏马骄行踏落花，
垂鞭直拂五云车[①]。
美人一笑褰珠箔[②]，
遥指红楼是妾家。

【注释】

① 五云车：西王母所乘，此夸言其美也。

② 褰（qiān）：揭起。珠箔（bó）：即珠帘。《汉武故事》："武帝起神室，以白珠织为箔。"

【赏析】

这首诗写的是五陵游侠的爱情故事。诗中描写少年狂态与美人媚态皆宛然如现。

前两句，诗人描写一位多情的翩翩少年对如花一样美丽的少女大胆表达爱意：我骑着高大健壮的良马踏步行走在落花上，手中的马鞭故意掠过就像是西王母所乘的华美的车驾。

后两句，诗人描写举止端庄又落落大方的少女对多情的少年发出深情的邀请：华美车驾中的美丽姑娘抿嘴一笑，撩起珠帘，遥遥指向前方红楼告诉少年，那里就是我的家。

全诗虽属侧艳之作，但格调不俗，仍不失为这类题材中的佼佼者。

怨　情

美人卷珠帘，
深坐颦蛾眉[1]。
但见泪痕湿，
不知心恨谁。

【注释】

① 深坐：久久呆坐。颦蛾眉：皱眉。

【赏析】

这首五言绝句诗人抒写了一位深闺中的年轻女子的思念和幽怨。

前两句，诗人塑造了一位寂寞难耐、楚楚可怜的年轻女子的形象：闺中的年轻女子，卷起珠帘，遥望着远方盼望着离人归来，寂寞的她在幽深的闺中就这么一直双眉紧锁地坐着。

后两句，诗人表达了年轻女子忍受着孤单寂寞的怨恨：只见她不知不觉间相思的泪痕浸湿了两腮，她的心中不知道究竟该恨谁。

全诗情韵婉转，缠绵凄凉；含蓄蕴藉，言短意长。

口号吴王美人半醉[1]

风动荷花水殿香，
姑苏台上宴吴王。
西施醉舞娇无力，
笑倚东窗白玉床。

【注释】

① 口号：古诗标题用语，言随口吟成，若“口占”。清王琦辑注《李太白全集》：“琦按：吴王即为庐江太守之吴王也。以其所宴之地，比之姑苏，以其美人，比之西施，乃席上口占，以寓笑谑之意耳。若作咏古，味同嚼蜡。”

【赏析】

这首七言绝句作于天宝七载（748）。此诗描写吴国帝王嫔妃痴迷奢靡生活，暗示吴王贪图享受、不思进取而被勾践所灭。诗人借古鉴今，表达对现实社会中诛逐忠良、滥事征伐的不满，表现出诗人对国家安危的忧虑和对民生疾苦的关怀。

前两句，诗人叙景起兴，展现帝王嫔妃的生活场景：微风吹动着荷花，送来清香满殿，姑苏台上可见摆宴的吴王。

后两句，诗人通过描写西施婀娜多姿、妩媚动人的形象，展现吴国帝王纸醉金迷的生活状态：西施酒后，娇柔无力地带着朦胧的醉意跳起了舞蹈，微笑地倚坐在东窗下的镶嵌着白色玉石的椅子上。

全诗轻快流转，风格率直、大胆活泼，全无柔靡无力、怨而有伤的作态。

赠　内

三百六十日，
日日醉如泥。
虽为李白妇，
何异太常妻[①]。

【注释】

① 后汉周泽为太常，清洁循行，尽敬宗庙。曾卧病斋宫，其妻哀泽老病，窥问所苦。泽大怒，以妻干犯斋禁，遂收送诏狱谢罪。当世疑其诡激，时人为之语曰："生世不谐作太常妻，一年三百六十日，三百五十九日斋，一日不斋醉如泥。"（《后汉书》）太常：官名，掌宗庙礼仪。

【赏析】

这首五言绝句是诗人写给夫人的诗，从中可看出诗人对夫人的一片深情。

前两句，诗人自嘲醉酒之甚：一年三百六十天，我天天都喝得烂醉如泥。

后两句，诗人用典戏谑安慰夫人：你虽然是我李白的夫人，却和汉朝太常卿周泽的妻子没有两样。

全诗活用典故，飘逸浪漫；笔调调侃，风趣幽默，同时也暗遣愁情。

越女词五首

其　一

长干吴儿女[1]，
眉目艳星月。
屐上足如霜，
不著鸦头袜[2]。

【注释】

① 长干：参见《长干行》注①。

② 鸦头袜：拇趾与其他四趾分开的袜子。

【赏析】

这组诗一共五首，作于何时尚不能确定。根据诗中内容推论，当是诗人游吴越时的所见所闻。有专家考证可能是诗人在天宝元年（742）从泰山下来游吴越到会稽时所作。

这首诗描写吴越女子相貌的妩媚可爱与穿着的异样。

前两句，诗人极力赞美吴地女子的容貌：长干里吴地的女子，秀眉胜弯月，亮眼赛明星。

后两句，诗人描写吴地女子穿着的特殊：她们脚上穿着木屐，一双白皙细嫩如霜雪的脚上连双袜子也没有穿。

全诗实景实写，真实自然，语言精练，情趣盎然。

其　二

吴儿多白皙，
好为荡舟剧。
卖眼掷春心[1]，
折花调行客。

【注释】

① 卖眼：谓以眼波媚人。南朝梁武帝《子夜四时歌·冬歌》：“卖眼拂长袖，含笑留上客。”

【赏析】

这首诗描写吴越女子天真活泼的姿态及调皮卖俏的开放性格。

前两句，诗人描绘吴地女子姣好的容貌和爱好：吴地女子的皮肤如玉般白皙细嫩，她们都爱好湖中荡舟这种游乐。

后两句，诗人描写吴地女子活泼泼辣的性格：她们面对游览的客人，或眉目传情，或暗送秋波，或手持折来的鲜花尽情地调侃、戏谑、嘲弄。

全诗人物刻画栩栩如生，语言描写生动传神。

其　三

耶溪采莲女[1]，
见客棹歌回。
笑入荷花去，
佯羞不出来。

【注释】

① 耶溪：即若耶溪，在今浙江绍兴。

【赏析】

这首诗所写的则是吴越女子的另一种性格。

前两句，诗人描写采莲女子的异常行为，为下面情节的展开做铺垫：在若耶溪中划船采撷莲藕的女子，见到过往游览的客人，就伴随着欢乐的歌儿调转船头把船往回划。

后两句，诗人将采莲女子羞答答的心理与情态刻画得惟妙惟肖：她嬉笑着划着船儿藏入荷花丛中，并假装怕羞似的不再出来。

全诗精彩和谐，惟妙惟肖，语言浅显但韵味隽永。

其　四

东阳素足女[①]，
会稽素舸郎。
相看月未堕，
白地断肝肠。

【注释】

① 东阳：今浙江东阳。谢灵运《东阳溪中赠答》其一：“可怜谁家妇？缘流洗素足。明月在云间，迢迢不可得。”其二：“可怜谁家郎？临流乘素舸。但问情若何，月就云中堕。”

【赏析】

这首诗描写一对素不相识的青年男女一见钟情又无缘接近和难以倾诉衷肠的怅恨。

前两句，诗人描写一对相隔两地的年轻男女相互倾慕的情景：东阳那儿一位肤色白皙如玉的女孩儿，与会稽这儿的一位荡着白色小舟的小伙子不期而遇，一见钟情。

后两句，诗人描写青年男女不能相亲相爱的惆怅：他们看那明月高悬未落，无法幽会倾诉爱慕之情，平白无故地焦急万分，愁断肝肠。

全诗情韵婉转，缠绵悱恻；情意真切，感人至深。

其　五

镜湖水如月，
耶溪女如雪。
新妆荡新波，
光景两奇绝。

【赏析】

这首诗描写吴地女子顾影自怜的娇媚姿态。

前两句，诗人由衷地赞叹吴越之地的水美人也美：镜湖的水清明澄澈如天上皎洁的明月，若耶溪美丽的女子肤色白皙似晶莹的霜雪。

后两句，诗人巧妙地将人物与景物融合，构成一幅美丽动人的画面：穿着新妆的女子泛舟在明净澄澈的湖水波浪中，女子那婀娜妩媚的倩影倒映在湖水中，水美人美交相辉映两奇绝。

全诗洗练简洁，自然流畅；情景交融，别有情致。

哭宣城善酿纪叟[①]

纪叟黄泉里，
还应酿老春[②]。
夜台无李白[③]，
沽酒与何人？

【注释】

① 宣城：见前注。善酿纪叟：善于酿酒之纪姓老人。事迹不详。

② 老春：纪叟所酿名酒。唐代名酒多带春字。

③ 夜台：指坟墓。陆机《挽歌诗》之一："按辔遵长薄，送子长夜台。呼子子不闻，泣子子不知。"李周翰注："坟墓一闭，无复见明，故云长夜台。"

【赏析】

这首诗作于上元二年（761），是为凭吊去世的友人纪叟所作的。纪叟是宣城著名的酿酒人，所酿美酒闻名遐迩。嗜酒的诗人曾多次游宣城，自然与纪叟是好朋友。

前两句，诗人悲痛地怀念好朋友，不相信好朋友已经去世：去世的纪老伯虽然已经在黄泉之下了，但是他似乎还会继续酿造老春名酒。

后两句，诗人采用设问的手法，表达了更为强烈的伤感之情：只是墓中还没有我李白这个老朋友，你会把如此好酒卖给哪个客人呢？

全诗寥寥数语，却表达了真挚自然的感情，十分动人。

附　录

李白评传

痛饮狂歌空度日，

飞扬跋扈为谁雄？（杜甫《赠李白》）

关于李白生平事迹的记载，比较的要算很丰富：新、旧《唐书》都有他的传；同时人及后代人替他作的碑志和序、文也供给我们许多材料。此外，后代人所做的笔记、地志之类，也有很多关于他的轶事的记载。不过记载愈多，歧义的地方也愈多：即以他的籍贯而论，有的说是陇西成纪人[①]，有的说是蜀人[②]，有的说是山东人[③]，几乎叫人不知相信哪一说为是。但经我们把各种材料汇合起来，证以他自己诗文所述，这才知道所谓陇西成纪人者，是指他的先世族望而言；所谓蜀人者，是指他的生长之地而言；所谓山东人者，则又因其流寓之地而言也。但有一部分的记载，或我们明明晓得它是附会的，或因它缺乏别的证据，所以都当在摈斥之列。例如后人因贺知章曾称他为“谪仙”，便附会起来，说他是天上太白星降世；而相传为柳宗元所撰的《龙城录》，则又附会韩愈说太白仙去的一句话，竟谓“元和初，有人自北海来，见太白与一道士在高山上笑语久之。顷，道士于碧雾中跨赤虬而去，太白耸身健步，追及共乘之而东走”云云。又《天宝遗事》所谓“李太白少时梦所用之笔头上生花，后天才赡逸，名闻天下”云云。我们若是取郑重的态度，当然是不把这些记载当作史料看的。又如因杜甫和元稹诗中曾有“山东李白”之语，后来刘昫撰《旧唐书》，竟以白为山东人，且说“父为任城尉，因家焉”。我们因为找不出别的证据，且与李白自己的诗文所述不符，故也只得不信了。

若是依据比较可信的记载[④]，更证之以集中的诗文，则我们可知太白的家世和生平约略如次：

李白，字太白，是汉将军陇西人李广的后裔[⑤]，凉武昭王暠的九世孙[⑥]。隋末，他的先世以罪避居西域，隐姓易名，及至唐武后时，子孙始还内地。父名客，家于蜀之绵州（今四川绵阳）；太白以武后长安元年（701）[⑦]生于此。

他自己的诗文里，记他少年时的轶事有好几件[⑧]，我们因晓得他彼时是个性情豪放、好击剑任侠、轻财重施、不事产业，而且目中无人的少年；又知他彼时的文章便已颇惹人注意了。

我们只晓得他在二十六七岁以前便已出游襄汉，南泛洞庭，东至金陵、扬州，更客汝海，还憩云梦[⑨]。我们不晓得他最初“杖剑去国”究竟在哪一年，但总不在二十五六以后；又晓得他此次出游，便始终不返故乡：从而知他凡在蜀中的作品，必都是二十五六以前的作品。

据《唐诗纪事》引东蜀杨天惠《彰明逸事》云：“……太白齿方少，英气溢发；诸为诗文，微类《宫中行乐词》体。今邑人所藏百篇，大抵皆格律也。虽颇体弱，然短羽褵褷，已有凤雏态。淳化中，县令杨遂为之引，谓为少作是也。”晁公武《读书志》云：“蜀本《太白集》附入左绵邑人所裒白隐处少年所作诗六十篇，尤为浅俗。”现在这“杨遂为之引”的百篇和蜀本《太白集》所附的六十篇，均已不可见；但看如今通行集本所载蜀中所作诗——如《访戴天山道士不遇》（本编入选），《登峨眉山》《登锦城散花楼》等——也就可略见他的所谓“少作”风格的一斑了。

《上安州裴长史书》所云“妻以孙女”的“许相公”，乃是许圉师[10]。他是许绍的少子，本高阳人，梁末徙居安陆（唐时为安州，今湖北安陆）。其人有器干，博涉文艺，举进士。累迁黄门侍郎。龙朔中（661—663）为左相。

他自安陆入赘后，一住十年，自谓“酒隐”[11]。他在这十年里面，虽自说是“好闲复爱仙”[12]，其实已急急要想“颖脱而出”[13]，更忍耐不住当初那种“无人知所去，愁倚两三松”[14]的境地了。原来他此时感着“孤剑谁托，悲歌自怜；迫于恓惶，席不暇暖；奇绝国而何仰，若浮云而无依；南徙莫从，北游失路”[15]，所以急乎要想投身于一二所谓“君侯”也者，藉可“收名定价”[16]。他此时觉着要“出宇宙之寥廓，登云天之渺茫”[17]，是难实践的；所以转了一念，而主张“申管晏之谈，谋帝王之术；奋其智能，愿为辅弼”[18]了。

但是他这种活动，似乎并没有成功，因为他到三十五岁的时候，还仍旧惘惘然的作客太原[19]。于此，倒反提拔了一个郭子仪，使他后来竟成就一番轰轰烈烈的功业。

从太原又东游齐鲁，遂寓家于任城（今山东济宁）。我们虽不能确然晓得移寓在哪一年，却知他侨寓鲁中颇久，故竟被人认作山东人了。

《游太山》诗六首（本编入选），便是这一时期的作品。你看他说：“凭崖览八极，日尽长空闲”，可见他彼时感着非常寂寞。

天宝初年，太白游会稽，与道士吴筠善，荐之于朝，又得秘监贺知章为之称誉，乃得玄宗以奇才相待，征入京师，“召见金銮殿，论当世事，奏颂一篇；帝赐食，亲为调羹；有诏供奉翰林”[20]。总算他的初志已遂。你看他临别时说：“归时倘佩黄金印，莫见苏秦不下机”[21]，也可见他心中的得意不期流露了。

无如他生性浪漫，且复恃才傲物，想来得罪人处一定不少，所以在翰林不过三年，竟不为亲近所容，而被优诏罢遣了[22]。在这三年里面，他做了好些极优美的纯粹艺术作品，如《宜春苑奉诏赋龙池柳色初青听新莺百啭歌》《宫中行乐词》（以上本编未收），《清平调词》（本编入选）等，至今犹脍炙人口，向来做香艳宫词体的莫不奉为楷模。盖彼时他正“承恩初入银台门，著书独在金銮殿。龙驹雕镫白玉鞍，象床绮食黄金盘。当时笑我微贱者，却来请谒为交欢”[23]——实是生平最得意的一段时期，故能把他的艺术伎俩尽情施展。

且我们晓得他“少年落魄楚汉间，风尘萧瑟多苦颜”[24]；此时年纪已过四十，始得“一朝君王垂拂拭”[25]，故愿“壮心剖出酬知己”[26]，而不肯便舍去，乃是情理中事。他彼时本想“待吾尽节报明主，然后相携卧白云”[27]的，故和他同为“酒中八仙”之一的贺知章临当告老归山的时候[28]，他尚“借问欲栖珠树鹤，何时却向帝城飞”[29]——似乎有还希望他再出山的意思。又谁知这个金马玉堂，非是他这种浪漫的人物所能久居的；这似至遭谗之后，他始有所觉悟，故《送裴十八图南归嵩山》的诗里，便说“同归无早晚，颍水有清源”——已决然有去志了。

去京之后，仍旧去做他的漫游生活：北抵“赵、魏、燕、晋（河北、山西及河南北部），西涉邠、岐（陕西），历商于（河南淅川县西），至洛阳，南游淮泗（安徽北部），再入会稽，而家寓鲁中；故时往来齐鲁间，前后十年，中惟游梁宋（河南北部）最久”[30]。他和杜甫会见，就在此期间。而且这十年里面，他的作品特别丰富；我们只看《梁园吟》[31]一篇，可见他满腹牢骚，因而纵酒浪游，渐渐流于颓废的态度；又可见他的诗的风格，也似乎比从前更加豪放了。然而他仍旧还没有死心塌地，所以终于说：“东山高卧时起来，欲济苍生未应晚。”

天宝十四载（时太白五十五岁）十二月，安禄山反于范阳，率众南下，所过州县，望风瓦解。未几，洛阳陷没。明年，长安亦不守；玄宗奔蜀，肃宗即位于灵武。如此骚乱情形，由太白诗里反映出来的颇不少：例如《猛虎行》一篇，正是记载时事，并以发泄自己胸中的愤激的。彼时他正作客宣城，旋由宣城至溧阳[32]，又至剡中[33]，遂入庐山[34]。因为他看看中原大乱，虽然孤愤，却知自己并无权位，要想“一箭落旄头”[35]，究竟是一种梦想；所以竟说“吾非济代人，且隐屏风叠”[36]。又谁知隐居未稳，又刚刚遇着永王璘东巡之事，把他牵涉在内，使他暮年的生命之流里又起了一个极大的波澜。

永王璘是玄宗第十六子。天宝十五载（即肃宗至德元年）六月，玄宗奔蜀，至汉中郡，下诏以璘为山南东路、岭南、黔中、江南西路四道节度探访等使，江陵郡大都督。七月，璘至襄阳；九月，至江陵，招募士卒得数万人。时，江淮租赋巨亿万，所在山委，恣情破用。肃宗闻之，诏璘还觐上皇于蜀，璘不从命。其子襄成王偒，勇而有力，握兵权，为左右眩惑，遂谋狂悖，劝璘取金陵。璘从子谋，遂于十二月擅引舟师东下；旋为河南招讨判官李铣所败，璘中矢被执，偒亦为乱兵所害。时太白在永王幕中为僚佐，及兵败，乃亡走彭泽，坐系浔阳狱。

于此有一点，颇饶研究的趣味，即太白之入永王幕，为自动的抑为被动的问题是也。据《旧唐书》，谓“元宗……以永王璘为……节度使，白在宣州谒见，遂辟从事”云云，那么是自动的了。但他的《为宋中丞自荐表》中，则言“属逆胡暴乱，避地庐山；遇永王东巡，胁行中道；奔走却至彭泽”。《忆旧游书怀诗》亦云：“仆卧香炉顶，餐霞嗽瑶泉。半夜水军来，寻阳满旌旃。空名适自娱，迫胁上楼船。”那么似乎完全是被动的。后人对于这一点似乎很注意。以为永王既以谋逆而兵败，就要算是叛臣；太白若果自动的身事叛臣，岂不是他的声名的大污点？所以一般为太白回护的论者，都宁相信他自己的“胁从”之说，而认《旧唐书》的“谒见”之说为非事实。例如苏轼云[37]：“太白之从永王璘，当由胁迫。不然，璘之狂肆寝陋，虽庸人知其必败也。太白识郭子仪之为人杰，而不能知璘之无成，此理之必不然者也。”但是这种据“理”来推定事实的办法，也很靠不住。我们看他的《永王东巡歌》十一首之二云：“三川北虏乱如麻，四海南奔似永嘉。但用东山谢安石，为君谈笑静胡沙。”可见他当时明明以谢东山济世自任，这岂也是“胁迫”而成的吗？又《在水军宴赠幕府诸侍御》诗云：“英王受庙略，秉钺清南边……愿与四座公，静谈金匮篇。齐心戴朝恩，不惜微躯捐。所冀旄头灭，功成追鲁连。”这难道又是违心之言吗？故我们持平而论，当知太白用世之心，是始终没有泯灭的：他自去京之后，浪游十有余年，胸中的牢骚并未稍减；虽经乱离后，且在庐山小隐，却自己也明说并非没有再出山的意思，所以此番永王东巡，正是他出山用世的一个好机会，那么《旧唐书》所谓“谒见”之说，亦非不可信。至于后来永王谋逆，或者因他不从而确曾出于胁迫，这是他始料不及的。事变骤来，不及防备，而永王之兵又败得很速；他仓促间逃还浔阳，使人不明他究为被胁而逃抑为兵败而逃，因而竟不免株连了。亮哉蔡宽夫之言曰[38]：

太白岂从人为乱者？盖其学本出纵横，以气侠自任；当中原扰攘之时，欲藉之以立功名耳。大抵才高意广如孔北海之徒，固未必有成功，而知人料事，尤其所难。议者或责以璘之猖獗，而欲仰以立事，不能如孔巢父、萧颖士察于未萌，斯可矣。若其志，亦可哀矣！

彼时他以衰暮之年而犹不免身在缧绁，致使一门骨肉离散，

“兄九江兮弟三峡，悲羽化之难齐；穆陵关北愁爱子，豫章天南隔老妻”[39]，自无怪他要“万愤结缉，忧从中催”[40]了。犹幸后来宣慰大使崔涣及御史中丞宋若思为之推覆昭雪。若思率兵赴河南，释其囚，使参谋军事，并上书荐白才可用，不报[41]。

但至次年（即乾元元年），终以永王事流夜郎，遂泛洞庭，上三峡，至巫山。又明年，未至夜郎，遇赦得释。自是更游金陵、宣城、历阳等处。最后往依当涂令李阳冰。于宝应元年（762）十一月以疾卒于当涂，时年六十二。

我们看这五六年里面的作品，未赦以前，则但有哀怨怀旧之情，已少孤愤激昂之慨，例如《流夜郎赠辛判官》诗云：

昔在长安醉花柳，五侯七贵同杯酒。气岸遥凌豪士前，风流肯落他人后？夫子红颜我少年，章台走马着金鞭。文章献纳麒麟殿，歌舞淹留玳瑁筵。与君自谓长如此，宁知草动风尘起。函谷忽惊胡马来，秦宫桃李向明开。我愁远谪夜郎去，何日金鸡放赦回！

遇赦之后，虽则壮心未全死，却为老病所困，兴致渐衰[42]，故对于世事觉着虚空，而仍入于颓废。然而颓废之中，仍旧不脱向来那种豪放之气，这由于诗人的个性，是不会因境遇而全然改变的。例如《江夏赠韦南陵冰》诗[43]后段云：

人闷还心闷，苦辛长苦辛。愁来饮酒二千石，寒灰重暖生阳春。山公醉后能骑马，别是风流贤主人。头陀云月多僧气，山水何曾称人意？不然鸣笳按鼓戏，沧流呼取江南女儿鼓棹讴。我且为君捶碎黄鹤楼，君亦为吾倒却鹦鹉洲。赤壁争雄如梦里，且须歌舞宽离忧。

至其绝命一词[44]云：

大鹏飞兮振八裔，中天摧兮力不济。余风激兮万世，游扶桑兮挂左[45]袂。后人得之传此；仲尼亡兮，谁为出涕！

我们读此诗时，觉得一股磅礴之气横溢言表；比之陶渊明《自挽词》那种“荒草何茫茫，白杨亦萧萧”的苍凉声调自是不同。故说太白至死不失其浩然之气可也。

据《魏序》，太白凡四娶：其一许氏，已如上述；其一刘氏；又其一为鲁之妇人，已失其姓氏，今皆不复可考；又谓“终娶于宋”。按太白《窜夜郎留别宗十六璟》诗有“我非东床人，令姊忝齐眉”之句，则终娶者或即宗璟之姊，而“宋”字或即“宗”字之讹耳。又按，《送内寻庐山女道士李腾空诗》有“多君相门女，学道爱神仙”之句，可知太白小隐庐山时，其许氏夫人必尚在也。

太白自己但言有一子一女：子曰伯禽，女曰平阳[46]。《魏序》则谓“始娶于许，生一女一男，曰明月奴……鲁一妇人生子曰颇黎”。不知这字为伯禽者即明月奴抑即颇黎。又据范传正《李公新墓碑》云：“……访公之子孙，欲申慰藉，凡三四年，乃获孙女二人：一为陈云之室，一为刘劝之妻，皆编户氓也……问其所以，则曰：‘公伯禽以贞元八年（距太白卒后三十年）不禄而卒，有兄一人出游一十二年，不知所在；父存无官，父殁为民，有兄不相保，为天下之穷人。’”从而可知太白的后嗣也萧条得很。

我们统观太白的诗文，觉得他胸中的境界浩漫无际，因而觉得他的思想态度也似乎变幻无恒。例如《短歌行》云：“白日何短短，百年苦易满……富贵非所愿，为人驻颜光”——这明明是出世主义。但《少年行》云：“男儿百年且荣身，何须徇节甘风尘？……看取富贵眼前者，何用悠悠身后名？”——则又显然是享乐主义了。又如《悲歌行》的“还须黑头取方伯，莫谩白首为儒生”，可以代表进取的态度；而《江上吟》的“功名富贵若长在，汉水亦应西北流”，便又是厌世态度了。诸如此类的例，实在举不胜举。总之，我们读李白的作品时，绝不能像读陶渊明的诗那样容易将其中的意义把捉得住。

唯其不易把捉，所以从来的批评家都只好用“仙才”[47]、“天仙”[48]一类同样不易把捉的字眼来批评他。但我们相信一个诗人总有他自己一种独特的个性；这种个性，在有些诗人比较难以认识是有的，却万不可因为难以认识就否认他有个性。向来批评李白的人，最能认出他的个性的，我以为要算刘昫。刘昫的《旧唐书·文苑列传》云：“李白……少有逸才，志气宏放，飘然有超世之心。”他这“超世”两个字，便可以把李白的思想和艺术都统摄在里面，而不致有自相矛盾的地方了。

不过这“超世”两个字，不可仅仅解作出世或厌世：这其中的含义深富，须得加以一番解释；也许刘昫自己当初用这个字的时候，还未必给它这样充分深富的意义罢。

我以为这个“世”字，应该是包括人类社会和自然界而言的。大凡是天才，到了成熟之后，大都成为——或想成为——一种超人。不过这个“超”，也有分等：有的只以思想超人，至于其他一切，都仍与寻常人一样；还有的，则不仅思想上要想超人，就是物质的生活上也要想超人，而且不仅要超“人”，并要超“自然”。这样的人，大都视自己的天才为一种无上的威权，以为人间的一切——并且自然界的一切——都应该受他的支配；所以往往凭藉天才来役使一切，奴视一切，玩弄一切。如今我们所研究的这位诗人，就是属于后面这一派的超人。

他自己以为是个“天上白玉京，五楼十二城。仙人抚我顶，结发受长生”[49]的天之骄子，所以自小便不甘居人下。他第一步先求超出寻常的社会，那么就须取得人世间的权位，因为他觉得既居人世，而无权位，则不能役使群众，不能施展本能，不能“黄金逐手快意尽”[50]，不能“载妓随波任去留”[51]。所以他不惜向当时持有权位的人屡次去干请[52]，只无非要借他们做一种直上青云的阶梯——虽则他对他们也只肯“长揖”[53]而已。后来居然得跻身于金马玉堂，总算已经差不多在一人之下万人之上了，但他还想“超”上一层，竟对君主的威权也挑战起来；并且尝试着要去侮辱当时朝中潜势力极大的高力士[54]，于是乎一跌就从青云里仍复跌到泥中了。

平心而论，他这种挫折，也只算得是情理之常。因为他所恃以求超人的天才，其体现也，无非是文章而已；而文章也者，其在实际社会，未必真有如天才自己所梦想的那样绝对的威权：文章仍旧要靠实在的威权为权威的。故凡在封建时代，文人得权贵之宠则有势力，失权贵之宠则无势力。乃太白当时没有见到这一点：一朝得意，便以为生平梦想中的文章的威权似乎已经实现，竟尔放肆起来，殊不知当日玄宗对他特别优宠——说得苛刻一点也只无非像宠杨贵妃之色或宠李龟年之艺而已。实则太白当时在朝，也只不过献几首《宫中行乐词》，借以点缀宫闱之淫乐，或编几首《清平调》，藉助明皇和贵妃之风流，究竟关于国家大计有何建树？故他虽自以为玩弄君王，而不知终为君王所玩弄。及至玩弄得厌烦了，则仍旧优诏遣去——这就算他的超人的迷梦之醒觉了。醒觉之后，当然是继之以牢骚，而逐流于颓废。其影响，足以开后世文人恃才傲物之风，与夫人人以屈大夫、谢东山自居的恶习，此李白之人格所以终须逊陶渊明一筹也。

但我们如欲充分地了解李白，则又须晓得他不但要想超人，并且要想超自然。能超自然的，无非就是所谓神仙了；所以他颇倾向于修仙学道之说，而这种倾向表现于诗中的地方很多。我们又须晓得他这求神仙和求富贵的两种心理，并不能和西洋人的灵肉两种观念相比拟，而认为彼此冲突。他这两种心理正是相因而成的：唯其想超人，所以求富贵，但也知富贵不免受“自然”的限制，所以更求超自然。讲得苛刻一点，我们正可以说他和秦始皇、汉武帝的心理无异，不过秦皇汉武到尽极富贵之后才想求神仙，他却早想到功名富贵之不能久而求神仙，又因神仙到底渺茫，不如及时享乐，乃更转世而求人间富贵耳[55]。然而富贵既随得随失，而神仙又当然是不可求的，所以他的两重迷梦终于醒觉，结果，只互相助成他的颓废态度而已。明乎此，则诗文中初看似乎矛盾的地方，便觉都无矛盾了。因为他想超人，所以说："男儿百年且荣身，何须徇节甘风尘？"但他也明知"功名富贵若长在，汉水亦应西北流"，所以转了一念而想超自然，乃说"富贵非吾愿，为人驻颜光"。然而颜光究竟是不可驻的，所以终于归宿到"烹羊宰牛且为乐，会须一饮三百杯"[56]。

不过他的超人主义和超自然主义在事实上虽都终于失败，在艺术上却是大成功的。

艺术上的超人主义和超自然主义大抵不外用两种方法实现之：其一，不以现实为材题；又其一，虽以现实为题材，却避开写实的方法。要避开写实的方法也只不外两途：其一，不平铺直叙，而多用暗喻；又其一，故将自然的现象搅乱，使人抓不住一点确实的观念。由这种方法做成的艺术，我们可以替它杜撰一个名词，叫作"超实主义"[57]，以与自然主义或写实主义相对待。

李白的诗，就是超实主义之最成功者。你看他集中如《飞龙引》《怀仙歌》一类作品，都不是以现实为题材的。而即如明明描写时事的《猛虎行》之类，也都被他装上一种超自然的色彩。所以然者，就由于他完全用的是暗喻，没有一句是写实的。又如《长干行》一诗，本来只写一段很平淡的事情，他却要把"瞿塘滟滪堆"以及"长风沙"等等极富暗示力的名词用在里面，便使读者感着一种悲壮的情绪。

王静安先生用"气象"两个字来批评李白[58]，最是切当。我们可说李白是为艺术而艺术的，又可说他的艺术的目的只在发挥气象。所以他的诗的取材没有一处不是壮美的，也没有一处曾令人感着缩瑟局促的神情。就如《古风》四首之二，写的是中原兵乱的情形，本来也可算是悲壮的题材了，他却还要先将自己高高置身于“紫冥”里，然后再“俯视洛阳川”，而见“茫茫走胡兵”；盖唯从高处俯视，然后见得出“茫茫”，然有此“茫茫”二字，气象便开阔多了。故李白的诗的价值只在气象，而所以造成气象，则只在善于超实。至于他的音节，也自有一种特征，颇足以助成气象的宏大，读者果能多读，当自得之，这里不能细论了。

1926年11月26日　傅东华

【注释】

① 李阳冰《草堂集序》。

② 魏颢《李翰林集序》。

③ 刘昫《旧唐书·文苑列传》。

④ 李阳冰的《草堂集序》乃太白在时所作，所述家世，必出太白自言，故可信。魏颢为太白好友，时有赠答，且太白生时，曾亲自托他编集，故他所作的《李翰林集序》，也属可信的材料。又后来范传正作《翰林学士李公新墓碑》，说是根据太白之子伯禽所藏的手疏的，故亦可信。今二序一碑，各本《李白集》中均附载之，可作参考。本文中征引处，简称《李序》《魏序》《范碑》。

⑤《赠张相镐诗》其二云：“本家陇西人，先为汉边将。”即谓李广也。

⑥《李序》《范碑》均有此说。

⑦《李序》言太白卒于宝应元年（762）十一月，而未言卒时年齿。曾巩亦谓卒于宝应元年，并言卒年六十有四，不知何据。若依宝应元年逆数六十四年，则生年当在圣历二年（699）。然李华作太白墓志曰“年六十二”，则应生于长安元年。王琦改薛仲邕所作《李白年谱》另为新谱，言“以《代宋中丞自荐表》核之——表作于

至德二载丁酉——时年五十有七，合之长安元年为是”。今从之。

⑧ 见上韩荆州及安州裴长史、李长史等书，及《赠张相镐诗》。

⑨《上安州裴长史书》中有“迄于今三十春”之句。又云：“……乃杖剑去国，辞亲远游，南穷苍梧，东涉溟海；见乡人相如大夸云梦之事，云楚有七泽，遂来观焉。而许相公家见招，妻以孙女，憩息于此，至移三霜焉。”从知他云梦入赘，是二十六七岁的事，而游襄汉等处，又均在云梦入赘之前。按此云梦乃泽名，今湖北省江汉平原上的古湖泊群之总称。

⑩ 从曾巩《李白集序》。

⑪《送从侄耑游庐山序》云：“余少时，大人令诵《子虚赋》，私心慕之。及长，南游云梦，览七泽之壮观；酒隐安陆，蹉跎十年。”

⑫《安陆白兆山桃花岩寄刘侍御绾诗》。（本编未录）

⑬《与韩荆州书》。

⑭《访戴天山道士不遇诗》。

⑮《上安州李长史书》。

⑯《与韩荆州书》。

⑰⑱ 并见《代寿山答孟少府移文书》。

⑲ 太白尝客太原识郭汾阳（子仪）事，系据裴敬《翰林学士李公墓碑》。其游太原在三十五岁，则据王琦《年谱》。

⑳《新唐书·文艺列传》。

㉑《别内赴征》三首之二。

㉒《新唐书》云：“白常侍帝醉，使高力士脱靴。力士数贵，耻之；摘其诗以激杨贵妃。帝欲官白，妃辄阻止。”《魏序》则谓“以张垍谗逐”。总之，说虽不一，开罪者不仅一人，因被谗谤而见疏也。

㉓《赠从弟南平太守之遥诗》。（系后时追叙之语）

㉔㉕㉗ 均见《驾去温泉宫后赠杨山人诗》。（此时作）

㉖《走笔赠独孤驸马诗》。（后作）

㉘太白在长安时，与贺知章、汝阳王琎、崔宗之、裴周南等为“酒中八仙”之游。其时约在天宝元二年间，因贺知章之离京归越，为天宝三载正月五日，有《册府元龟》可据也。

㉙《送贺监归四明应制诗》。

㉚王琦《年谱》。

㉛此诗首段云：“我浮黄河去京阙，挂席欲去波连山。天长水阔厌远涉，访古始及平台间。”似是他离长安后便径往大梁。但他游大梁不止一次，这是第一次。

㉜《猛虎行》即此时作。

㉝有《经乱后将避地剡中留赠崔宣城诗》。（本编未选）

㉞有《赠王判官时余归隐居庐山屏风叠诗》。

㉟《经乱离后赠江夏韦太守良宰诗》。

㊱见《赠王判官诗》。

㊲见所作《李太白碑阴记》。

㊳见所著《渔隐丛话》。

㊴《万愤词投魏郎中》。

㊵《上崔相百忧章》。

㊶据曾巩《李白集序》。

㊷见《留别金陵崔侍御诗》。

㊸此诗前段有“君为张掖近酒泉，我窜三巴九千里。天地再新法令宽，夜郎迁客带衣寒”之句，故知为遇赦后所作。

㊹李华《墓志》谓太白赋《临终歌》而卒。今集中有《临路歌》一首。“路”字或即“终”字之误；且玩其词意，亦极似绝命词也。

㊺“左”，本作“石”，今从王说改。

㊻见《寄东鲁二稚子诗》。

㊼《文献通考》云：宋景文诸公尝评唐人诗云：“太白仙才，长吉鬼才。”

㊽《沧浪诗话》云：人言太白仙才，长吉鬼才，不然。太白天仙之词，长吉鬼仙之词耳。

㊾《经乱离后赠江夏韦太守良宰诗》。

㊿《醉后赠从甥高镇》。

51《江上吟》。

52 太白二十岁时，礼部尚书苏颋出为益州长史，白即于路中投刺，颋待以布衣之礼。

53《忆襄阳旧游赠济阴马少府诗》云："高冠佩雄剑，长揖韩荆州。"

54 相传太白乘醉使高力士脱靴，力士耻之，遂衔恨。

55《代寿山答孟少府移文》云："近者逸人李白自峨眉而来……遁乎此山。仆尝弄之以绿绮，卧之以碧云，嗽之以琼液，饵之以金砂。既而，童颜益春，真气愈发；将欲倚剑天外，挂弓扶桑；浮四海，横八荒；出宇宙之寥廓，登云天之渺茫。俄而李公仰天长吁，谓其友人曰：'吾未可去也。吾与尔达则兼济天下，穷则独善一身；安能餐君紫霞，荫君青松，乘君鸾鹤，驾君虬龙？一朝飞腾为方丈蓬莱之人耳，此则未可也。'乃相与卷其丹书，匣其瑶瑟，申管晏之谈，谋帝王之术；奋其智能，愿为辅弼，使寰区大定，海县清一，事君之道成，荣亲之义毕，然后与陶朱留侯，浮五湖，戏沧洲，不足为难矣。"就是说明他这种心理的。

56《将进酒》。

57 有人说李白的艺术是浪漫主义。但我以为西洋所谓浪漫主义一个名词，自有它的历史上的意义，不可随便应用，故不如杜撰一个名词，较为妥当。

58 见所著《人间词话》。